罪な彷徨

愁堂れな

幻冬舎ルチル文庫

C O N T E N T S ✦目次✦

罪な彷徨

✦カバーデザイン＝小菅ひとみ（CoCo.Design）
✦ブックデザイン＝まるか工房

イラスト・陸裕千景子✦

罪な彷徨

1

「高梨《たかなし》警視、さすがです！」

「警視総監賞、間違いなしじゃないですか？」

事件解決のたびに警視庁の捜査一課では、同じフロア内にある広めの会議室に酒やつまみを持ち込み、簡単な打ち上げが催される。

酒は金岡《かなおか》課長が自腹を切って用意してくれるのが常なのだが、今日、課長が持ち込んだのは人気にして入手困難といわれる『獺祭《だっさい》』だった。

事件解決の立役者となったのは、警視であるにもかかわらず未《いま》だ現場に留《とど》まり誰より靴底を減らして捜査に当たる高梨良平《りょうへい》で、彼の手の中の紙コップは、課長をはじめ、課内の人間により次々獺祭が注がれ、空になることがない。

皆、口々に興奮し、それこそ『警視総監賞』という浮かれた発言が出るのは、まさに高梨が今回、『大金星』といってもいい働きをしたからだった。

「殺人事件の解決も勿論《もちろん》、喜ばしいが、ここ数年、拡大していた未成年者への覚醒剤《かくせいざい》販売のルートを壊滅に追い込めたのはやはり大きい。よくやってくれた、高梨」

課長が感極まった声を上げ、高梨の肩を叩《たた》く。その目が潤《うる》んでいることで高梨は、前途ある若者の未来を奪う覚醒剤売買を取り締まれたことが、どれだけ尊敬するこの課長にとって喜ばしかったかを改めて実感し、彼もまた胸を熱くした。

「さあ、飲め」

課長が尚《なお》も高梨の紙コップに獺祭を注ごうとする。

「課長、あまり警視を飲ませるのも……」

と、ここで高梨を慕う部下、竹中《たけなか》が課長にそう声をかけた。

「そうですよ。俺らと飲んで騒ぐより、しっぽりと共に喜びを分かち合いたい相手が警視にはいるんですから」

竹中の横から彼とは同期で親友でもある山田《やまだ》もまた言葉を足し、ねえ、というように高梨を見やった。

「あ、いや……」

高梨が言葉に詰まる。心情としては部下たちの気遣いに甘えたくはあったのだが、課長の喜びようを目の当《ま》たりにしては、ここで打ち上げを抜け出し帰宅したいとはとても言いがたい。それゆえ答えあぐねた高梨の肩を、課長がぽんと叩いた。

「はは、気を遣わんでもいいよ。こんな大金星、一刻も早く帰って嫁さんに報告してやらな」

「課長……」

課長の心ある言葉に、高梨はまたも胸を熱くし、深々と頭を下げた。

「ほんま、おおきに」

「礼には及ばん。早く行けって」

課長が豪快に笑い、高梨の背をどやしつける。

「警視、奥さんによろしく！」

「ごろちゃんに差し入れの礼もお伝えください！」

課長ばかりか、一課の面々が明るく送り出してくれることに感謝の念を抱《いだ》きながら、高梨は皆に向かって深く頭を下げ、会議室をあとにした。

そのまま警視庁を出た高梨は、地下鉄にしようかタクシーにしようかと考え、気が急《せ》いていたので、ちょうどやってきた空車のタクシーに手を上げ乗り込んだ。

九段下にある官舎の住所を告げ、すぐにも到着してほしいという焦りを堪《こら》えてシートに深く背を預け目を閉じる。

閉じた瞼《まぶた》の裏には、愛《いと》しくて堪《たま》らない『妻』の顔が——戸籍上こそ結婚はしていないが、愛し愛され、現在は共に暮らしている恋人、田宮吾郎《たみやごろう》の顔が浮かんでいた。

高梨と田宮の出会いは今から二年ほど前に遡《さかのぼ》る。田宮が犯人に陥れられそうになっていた事件を担当したのが高梨で、それをきっかけに付き合い始めた彼らは、今や高梨の職場公認の仲でもあった。

以前は東高円寺にある田宮のアパートに高梨が転がり込む形で同居をしていたのだが、今は高梨の官舎に『家族』として田宮が共に住んでいる。今回の事件は長引いたため、田宮は既《すで》に捜査一課内では恒例となっている稲荷寿司《いなりずし》の差し入れを二度ほど持参してくれた。

解決したことを知らせればきっと喜んでくれるに違いない。確信しているだけにほんの数十分の移動時間がもどかしい、と目を開いた高梨は、ウインドウに映る自分の顔に浮かぶ表情に余裕の欠片《かけら》もないことに思わず苦笑してしまった。

この分ではおそらく、ドアを開いた途端、恒例の『ただいまのチュウ』をする時間をも惜しみ、田宮を抱き上げ寝室に運びかねない。もういい年であるのに、さすがにそれは恥ずかしいから自重せねばと思っていた高梨だったが、数分後、タクシーが官舎に到着したときには既にその決意は薄れていた。

料金を支払い、急いでいたため釣り銭を断って車を降りる。小走りになっている自分自身を可笑《おか》しく思う余裕すら、既に高梨からは失われていた。

チャイムを鳴らし、応対を待つ。

「おかえり!」

数秒後、開いたドアの間から田宮が顔を覗《のぞ》かせる。高梨はすぐさま玄関内に身体《からだ》を滑り込ませると、先ほどの決意はどこへやら、田宮の華奢《きゃしゃ》な身体を抱き締めた。

「事件解決、おめでとう!」

高梨の腕の中で田宮が嬉《うれ》しげにそう言い、顔を見上げてくる。

「なんで?」

知っているのかと高梨は驚き、田宮を見下ろす。

「さっき、竹中君から電話あったんだ。良平がもうすぐ到着するはずだって」

「竹中、あいつ……」

余計なことを、と言いつつも高梨の胸には少々出しゃばりではあるものの、自分のことを思いやってくれているに違いない可愛《かわい》い後輩への感謝の念が溢《あふ》れていた。

「今さっき連絡もらったから、まだ食事の仕度できてないんだ。是非《ぜひ》お祝いしたいし、今、ちょっと買い物行ってくるから……って、良平!」

申し訳なさそうな顔で言葉を続けていた田宮だったが、途中で高梨が彼を抱き上げると、非難の声を上げながらも、高さが怖くなったのか高梨にしがみついてきた。

「僕にとっての『ご馳走《ちそう》』はごろちゃんや」

顔がにやけるのを堪えることができない。自分はさぞ今、いやらしい笑みを浮かべていることだろうと自覚しつつ、高梨が田宮の耳許《みみもと》に囁《ささや》く。

「……オヤジ……」

悪態をつく田宮の耳が赤く染まっていた。帰宅できたのは三日ぶりになる。相手を求める気持ちはきっと同じだ。いや、自分のほうが強いか。早くも昂《たか》ぶりを感じつつ、高梨は田宮を抱き直すと、靴を脱ぐのももどかしく、寝室へと向かった。

田宮をベッドにそっと下ろし、覆《おお》い被《かぶ》さろうとして、先にシャワーを浴びるべきかと気づく。それゆえ身体を起こそうとしたその背に田宮の腕が回った。

「シャワー、浴びてくるわ」

待っててや、と高梨は田宮の目尻《めじり》にキスをし、再び身体を起こそうとしたが、今度、田宮は腕だけでなく開いた両脚も高梨の背に回し、それを阻《はば》もうとした。

「ごろちゃん」

「あとでいいよ」

恥ずかしそうにそう告げる田宮の頬《ほお》は紅く染まっていたが、少し潤んだ瞳《ひとみ》にはしっかりと欲情の焔《ほむら》が立ち上っていた。

「そやし、臭《くさ》い思うよ」

風呂にも入れていないし、と腕を背に回し、田宮の脚を摑《つか》んで外させようとしたが、田宮は意地になっているかのように尚も強い力で高梨にしがみついてきた。

「ごろちゃん」

「ええて。臭くないもん」

半分エセ関西弁で告げられ、あまりの可愛らしさ、あまりの色っぽさに高梨の理性は崩壊寸前になった。

「そやし」

それでも田宮に不快な思いをさせるのは申し訳ないとなんとか踏みとどまり、尚も身体を起こそうとした高梨だったが、焦れた田宮が高梨に抱きつき、彼のほうから唇を塞《ふさ》ごうとしてきたのにはもう我慢も限界となった。

「もう、知らんで」

言いながらも高梨は田宮に覆い被さり、彼の求めに応じて深くくちづけていった。

「ん……っ」

口内を貪《むさぼ》る勢いで唇を塞ぎながら、田宮のシャツのボタンを外していく。キスの合間に甘い吐息を漏らしつつ、田宮もまた高梨のネクタイに手をかけたのだが、すぐに二人して、それぞれ自分で脱いだほうが早いと気づき、目と目を合わせ頷《うなず》き合った。

すぐさまキスを中断し、無言のままお互い起き上がり手早く服を脱ぎ捨てていく。やはり自身の臭いが気になる、と高梨が思っているのがわかったのだろう、先に服を脱ぎ終わった田宮が高梨に抱きつき、ベッドに押し倒そうとしてきた。

「もう、かなわんわ」

なんたる可愛い挑発、と苦笑しつつも高梨はすぐに体勢を入れ替え、シーツの上、仰向《あおむ》けに寝かせた田宮の胸に顔を埋《うず》め、彼が弄《いじ》られるのを好む乳首を舐《ねぶ》り始めた。

「ん……っ……あっ……」

もう片方を指先で摘《つ》まみ上げ、強いくらいの力で抓《つね》る。

「あぁっ」

早くも田宮は高い声を漏らし、高梨の頭を抱き締めてきた。彼の脚はまたも高梨の背に回り、おそらく無意識なのだろう、あたかも行為を急かすかのようにぐっと己のほうへと抱き寄せる。

「…………」

だから反則だと、高梨は目を上げ田宮を見た。

「や……っ」

視線を受け、我に返ったらしい田宮が慌てて脚を解《ほど》く。と、高梨は身体を起こすとそんな彼の両脚を抱え上げ、露《あら》わにした後孔《こうこう》へと顔を埋めた。

「汚い……っ……から……っ」

抗《あらが》おうとするのにかまわず、双丘を割るようにしながら奥へ、奥へと舌を挿入し、内壁を舐り回す。舌と共に指も挿入し弄るうちに、田宮の首はいやいやをするように激しく振られ、腰は淫《みだ》らにくねった。

肌は紅く染まり、じんわりと汗が滲《にじ》んでくる。それを観ているだけでもいきそうだ、と思いながら高梨は尚も田宮の後ろを舐っていたが、田宮が切羽詰まった声を上げ始めたのに気づき、身体を起こした。

「はやく……っ」

既に田宮の意識は朦朧《もうろう》としているようだった。羞恥心《しゅうち》の強い彼は、こうした閨《ねや》での願望を口にすることは滅多《めった》にない。

それだけに燃える、と高梨はごくりと唾《つば》を飲み込むと、改めて田宮の両脚を抱え直し、既に勃《た》ちきっていた自身の雄をそこへと向かわせた。

「あっ」

ひくつく入口に雄をあてがう。まさに『食いついてくる』勢いで、収縮が激しくなるのを感じる高梨はもう、我慢できなくなっていた。

「いくで」

言葉と同時にずぶり、と先端をめり込ませた直後、一気に腰を進める。

「あぁ……っ」

コツ、と音がするほど奥深いところをいきなり抉《えぐ》られることになった田宮の背が大きく仰《の》け反《ぞ》り、唇から高い声が漏れる。その声は高梨がまたも脚を抱え直したあと、激しく腰を打ち付け始めると、更に高く、そして悩ましくなっていった。

「あっ……あぁ……っ……あっあっあっ」

田宮の肌が熱く熱し、そのすべらかな白い肌を迸《ほとばし》る汗が覆う。天井の明かりを受け金色に輝くその肌の美しさに見惚《みと》れてしまいながら高梨は己の欲望の赴くがまま、ただただ腰を打

ち付け続けた。

「あぁ……っ……もう……っ……もう……っ」

ほぼ無心の状態で律動を続けていた高梨は、田宮の眉間《みけん》にくっきりと縦皺《たてじわ》が寄り、いわゆる苦痛の表情を浮かべ始めていたことに気づき、はっと我に返った。

「かんにん」

息も荒く、苦しそうである。飛ばしすぎたか、と反省した高梨は、まずは田宮をいかせてやろうと彼の片脚を離し、昂まりパンパンに張り詰めていた雄を握ると一気に扱《しご》き上げてやった。

「アーッ」

一段と高い声を上げて田宮が達し、高梨の手の中に白濁した液を勢いよく飛ばす。

「……うっ……」

射精を受け、田宮の後ろが激しく収縮する。その刺激に高梨もまた達し、田宮の中にこれでもかというほど精を注いでしまった。

「…………」

はあはあと息を乱しながら、田宮が両手を広げ、高梨にキスを求める。

「愛してるで、ごろちゃん」

本当に愛《いと》しい――まるで幼子のようなあどけない瞳を見下ろしながら高梨はそう告げると、

嬉しげに微笑《ほほえ》んだ田宮の望みを叶《かな》えてあげるべく身体を下ろし、眦《まなじり》に、頬に、額《ひたい》に、ときに唇に、細かいキスを何度も何度も落としてやったのだった。

それから三回、互いに達したあと、高梨は気を失うようにして眠り込んでしまった田宮を起こさぬよう気をつけつつベッドを抜け出し、一人シャワーを浴びにいった。

迸る湯の下、目を閉じる高梨の脳裏に、今日解決を見た事件にかかわる人物の顔が次々と浮かぶ。

事件は、高級クラブ勤務のホステスである三郷《みさと》まなみ殺害の犯人として、神崎《かんざき》組のチンピラ、若林《わかばやし》朔哉《さくや》が自首してきたことに始まった。

何度も店に通っているのに、少しも相手にされないことにむかつき、殺したという動機も裏付けが取れたし、凶器も彼の供述どおり自身の部屋から発見されはしたが、高梨の『刑事の勘』が、これは身代わり自首に違いないと告げた。

まなみは神崎組の若頭、斉藤《さいとう》の愛人だった。犯人は斉藤なのではないかとピンときた高梨は、まなみと斉藤との間で揉《も》め事がなかったかを、つぶさに調べ上げた。

結果、まなみには最近、贔屓《ひいき》にしているホストがいることがわかり、彼女が随分と入れ込んでいたそのホストもまた姿を消していることが判明した。

まなみの死亡推定時刻の斉藤のアリバイを調べるのと同時に、そのホストの行方も探していた捜査本部は、その日は泊まりのゴルフだったという斉藤のアリバイが偽証であったことを突き止め、また、顔と両掌《りょうてのひら》を潰《つぶ》された身元不明の若い男性の遺体を青梅《おうめ》の廃工場内から発見した。

それと並行し、高梨はまなみの死亡推定時刻に若林がどこで何をしていたかを捜査し、老人ホームに入っている彼の祖母の見舞いに行っていたことを突き止めた。

取調室で高梨は若林と向かい合うと、老人ホームの職員の証言がとれたことを伝えた上で、彼の目を覗き込み、正直に話してほしいと説得を試みた。

「お祖母《ばあ》さんかて、君が殺人の罪を犯したことを知ったら、悲しむ、思うで。このまま起訴され、有罪判決がくだったら、お祖母さんには何年も会いに行かれなくなるんやで？　君、月に一度は様子を見に行ってたそうやないか。それができなくなってもええんか？　お祖母さんを悲しませてええんか？」

高梨の説得は最終的に若林の胸に届き、彼は涙ながらに組から身代わり自首を強要されたことを打ち明けた。

若林のアリバイが成立したことと、斉藤のアリバイが偽証であるのが立証できたことから、高梨は斉藤宅の捜査令状を取得、彼が殺害当日履いていた靴裏からわずかに検出されたまなみの血液と、まなみのマンション近所の個人宅に設置されていた防犯カメラの映像に彼が映っていたことを材料に斉藤を追い詰めていき、最後は身元不明の遺体がＤＮＡ鑑定の結果、まなみが入れ込んでいたホストであることが明らかになったと突きつけ、斉藤を落とすことができたのだった。

斉藤は神崎組の若頭ではあったが、組長が病床に伏しているために、実質組のトップといってよかった。

彼の用心深さは群を抜いており、自分の後継者となるような実力ある若手を組内に置くことをよしとせず、結果、斉藤が逮捕されると統率する人間が一人もいなくなった神崎組は壊滅状態となった。

斉藤は組の財力を潤すために、数年前から未成年者相手の覚醒剤取引を拡充させていた。質の悪い覚醒剤を安価で若者に捌《さば》き、購入した若者を今度は売人に仕立て上げて彼らの周囲の人間に販売網を広げていく。

斉藤の作戦は当たり、歌舞伎町には覚醒剤中毒の未成年者が溢れるようになった。若者たちの間にはびこる覚醒剤取引をなんとか撲滅《ぼくめつ》したい。警視庁と新宿西署、一丸となって取り組んでいたその捜査は、取引の中心であった神崎組が壊滅したことにより、同時に解決を見るに至った。

いわば棚ぼたではあったが、未成年者にこれ以上覚醒剤が広まらずにすむことは喜ばしい以外の何物でもなく、捜査一課長も達成感を噛《か》みしめていたな、と思い起こす高梨の口元は笑みに緩んでいた。

無実の人間を送致しなくてよかった。その上、未成年者の間にはびこる覚醒剤取引を一つ撲滅できたのだ。皆が言うよう、これは『大金星』なのだろうが、その手柄を高梨は独り占めするつもりはなかった。

確かに、若林をそのまま送致しようとしていた捜査本部の意向を遮り、再捜査を申し出たのは自分ではあるが、その後の捜査は捜査一課と新宿西署の刑事たちの協力なくしては進まなかった。

警視総監賞を本当に得られるのであれば、それは自分だけではなく、皆に与えられるべきものだ、と高梨は一人頷いたあと、気が早いかと苦笑した。

なんにせよ、喜ばしいことにかわりはない。昂揚《こうよう》する気持ちのまま、田宮を激しく求めてしまったが、体調は大丈夫だろうか。不意に心配が込み上げてきて、高梨は早々にシャワーをすませると、バスタオルで身体を拭《ぬぐ》いながら寝室に戻った。

「…………」

安らかな寝息を立てている田宮の寝顔にほっと安堵《あんど》の息を漏らす。

今回の捜査は長引いたため、替えの下着を二度ほど田宮に届けてもらった。その際、田宮は気を利かせ、高梨ばかりでなく捜査一課の面々の大好物でもある手作りの稲荷寿司を重箱一杯作って差し入れてくれた。

あれで皆の士気がどれだけ上がったことか。事件解決の立役者の一人は田宮でもある、と高梨は手を伸ばし、汗で額に張り付く田宮の前髪をそっとかき上げてやった。

「ん……」

それで目を覚ましたらしい田宮が薄く瞼を開き、高梨を見上げる。

「ああ、かんにん。起こしてもうた」

詫《わ》びる高梨に、まだ完全に目が覚めきっていないらしい田宮は、にこ、とまるで子供のような笑みを浮かべたあとに、また、すうっと寝入ってしまったようだった。

愛しい——この無垢《むく》な笑みを誰にも侵させるものか、と思う高梨の脳裏にふと、最近解決した事件の関係者だった若い人気俳優の言葉が蘇《よみがえ》る。

『あんたには間もなく、試練が訪れる……けど、信頼さえしていれば乗り越えられる……と思う』

占い師の実の息子であり、自身も人の未来を『鑑《み》る』ことができると自称する彼の言葉に、どれほどの信憑性《しんぴょう》があるか、高梨自身、判断できずにいた。

試練というのはなんなのだろう。今のところ、これ、と思い当たることはない。

信じる必要はないのかもしれないが、その俳優が嫌がらせとしてではなく、自分への好意から与えてくれたアドバイスとわかるだけに、信じられるような気がしていた。

内容を考えれば、当たらないほうがいい予言であるのだが。いつしか溜《た》め息を漏らしかけていた高梨は、そのことに気づき苦笑した。

『信頼さえしていれば乗り越えられる』と言われたではないか。もし本当に試練がこの先訪れたとしても、必ず乗り越えられるはずだ。

案ずる必要などない。自身にそう言い聞かせながら高梨は田宮を起こさぬよう用心しつつ、そっとその横に身体を滑り込ませると、寝やすい体勢を作ってやろうと田宮をその腕に抱き締めた。

「ん……」

田宮が微笑み、高梨の裸の胸に唇を寄せてくる。

本当に愛しい――こうも人を愛しく思えるものなのかと、高梨はしみじみとその思いを抱きながら、田宮の背をそっと抱き締め、こめかみに唇を押し当てる。

彼の顔から笑みを消すような輩《やから》が今後現れるとするのなら、自分の持ち得るすべての力を用いてそれを阻んでみせる。

決意も新たに高梨は田宮のこめかみに再び唇を押し当てたのだったが、優しいキスを受け、田宮の頬に笑みが浮かんだのを見る彼の胸にはそのとき、この上ない幸福感が溢れていたのだった。

翌朝、前夜の濃すぎる行為に疲れ果て、寝過ごしてしまった田宮のかわりに高梨は早朝から起き出し、愛する人のために朝食を作った。

「ごめん、良平。今日は久々の休みだったのに……」

早起きをさせることになったのを、田宮はことのほか申し訳ながった。

「ええて。どうせ今日は昼前に約束があんねん」

気にすることはない、と高梨は微笑み告げたあと、その『約束』についても明かしておこうと言葉を続けた。

「姉貴が離婚問題について、相談したい、言うてきてたんよ。ようやく休みがとれたさかい、話を聞いてくるわ」

「美緒《みお》さん、やっぱり離婚するんだね」

田宮が神妙な顔になり相槌《あいづち》を打つ。

「あれからまた、ドロドロした展開になってな」

高梨はそう言うと、携帯メールに入っていた美緒の夫の酷《ひど》い仕打ちを田宮にも明かした。

「姉貴の旦那《だんな》な、浮気相手との間に子供つくっとったんやて」

「それは……酷いな」

田宮が痛ましげな顔になる。

「浮気相手が直談判《じか》に来たらしいわ。それで姉貴はますます離婚の意思を固めた、言うとった。慰謝料や養育費もきっちり取りたいさかい、腕のいい弁護士に相談したい、言うてな。その相談に乗ってくるわ」

高梨の言葉に田宮は「そうなんだ」と頷いたあと切なげな顔になり、ぽつりとこう呟《つぶや》いた。

「美緒さん、つらいだろうな」

「……いやあ」

メールの文面からは、落ち込みより怒りを感じた、と高梨が頭を掻《か》く。高梨の年の離れた姉、美緒は、たおやかな外見を裏切る、中身は『男』といってもいいような、逞《たくま》しい性格の持ち主だった。

夫の浮気がわかった時点で離婚を決意していた彼女は、愛人に乗り込まれたことに対し、落ち込んでいるというよりは『慰謝料上乗せのいいネタやわ』といった文面のメールを寄越していた。

それが本心とは思えないものの、落ち込んでいる人間の告げる言葉ではないのでは、と思えるのも事実で、落ち込んでいるにしてもしていないにしても、力にはなりたいと思っていた高梨は、休暇が決まったと同時に姉に連絡を入れ、面談の約束をしたのだった。

「……美緒さんの力になってあげてくれ……って、俺が言うことじゃないけど」

田宮がそう言い、高梨を見つめる。

「姉貴も心強い、思うわ」

田宮がついていてくれるのであれば。と告げた高梨の前で、田宮が酷く照れた顔になる。

「俺の応援なんて、なんの役にも立たないよ」

ぶっきらぼうに告げる田宮に対し、高梨は手を伸ばして彼の頭をぽんぽんと撫《な》でる。

「立つ立つ。一般的にはごろちゃんにとっては敵になるはずの小姑《こじゅうと》やのに、味方についてくれるんやで。心強いことこの上ないやろ」

「小姑ってなんだよ」

眉《まゆ》を顰《ひそ》める田宮に高梨が、当然、と胸を張る。

「そやし、ごろちゃんは僕の嫁やろ。姉貴は小姑やないか」

「ば、馬鹿《ばか》じゃないか」

田宮が照れまくった顔になり、彼の口癖を口にする。

本当になんて愛らしい存在なのだろう。思わず顔がにやけてしまうのを堪えきれないでいた高梨だったが、気づいた田宮に、

「なんだよ」

と口を尖《とが》らした顔で問われ、ついに我慢できなくなった。

「なあ、ごろちゃん」

ダメモトで問いを発する。

「なに？」

訝《いぶか》しげに眉を顰めた田宮に、ダメモトで問いを発する。

「会社、遅刻したら駄目かな」

このまま押し倒してしまいたい。高梨のその希望は田宮の、

「駄目に決まってるだろ！」

という拒絶により、かなうことはなかった。

「さよか……」

だが残念そうに俯《うつむ》いた高梨に気を遣ったらしい田宮が、頬を染めながら告げた言葉に、高梨の劣情はますます煽《あお》られることになったのだった。

「……今夜、帰ってからならいくらでも言うこと聞くから」

「ごろちゃん、そないなこと言うて、ええんか？」

知らんで、と告げる高梨を前に田宮が、

「馬鹿じゃないかっ」

とまたいつもの台詞《せりふ》を口にする。

帰宅してからどんなお願いを聞いてもらおうか、と思わずにやけてしまっていた高梨だが、彼に未来を見通す力があれば、直後に訪れる『試練』にも、気づいたに違いなかった。

2

「良平、こっちこっち！」

待ち合わせ場所は美緒の指定で、彼女の自宅近くにある自由が丘のガレット専門店となった。

「休みの日にかんにんな」

「ええて」

申し訳なさそうな顔になる姉に高梨は笑顔で答えると、

「その後、なんぞ進展あったか？」

と、問いかけた。

「旦那が、愛人には堕胎させる、言うてきたわ。人の命をなんやと思うとるんや、あほちゃうか、と一喝したったけどな」

豪快に笑う美緒は、高梨とは十歳差だった。日本人形のようなたおやかな見た目を裏切る逞しい性格の持ち主であり、いわゆる『肝っ玉母さん』である彼女に対して高梨は、その選択に誤りはあるまいと確信していた。

「愛人って、会社での部下やったたっけ」

以前聞いた話を思い出しつつ問いかけた高梨に、

「せや」

と美緒が頷く。

「二十五歳やで？　前途ある若者の将来、潰す気やったんやろか」

憤懣《ふんまん》やるかたなし、といった彼女に対し、高梨は、義兄を庇《かば》うつもりはないものの、こうしたことはどちらか一方が悪いというわけではないのでは、との思いから思わずこう告げてしまっていた。

「義兄さんがはめられたっちゅうこともあるんやないんか」

「あるかもしれんけど、関係ないんちゃう？　要は結果や」

美緒はそう言うと、注文を取りにきた店員を、

「かんにん、ちょっと待ってや」

と追い返したあと、改めてメニューを眺め始めた。

「なんにしよ。どれも美味《おい》しそうやし、迷うわー」

「姉貴、大丈夫か？」

いつになく、テンションが高い姉の精神状態を気遣い、問いかけた高梨に対し、美緒はまさに豪快、という返しを見せた。

「なにが？　ああ、落ち込んどるかって？　もう、その時期はすんだわ。今は子供らのために、少しでもええ条件で離婚したい、思うとるわ」

「さよか……」

相槌を打つ高梨を美緒が、じろ、と睨《にら》んだ。

「なんや。言いたいこと、ありそうやな」

「ないない。姉貴が納得しとるんやったら、僕が言うことはなんもないわ」

答えた高梨に、美緒が「せやろ」と笑ってみせる。

「……まあ、後悔してへん、言うたら嘘《うそ》になるけどな」

言葉を続ける姉はしっかり傷ついている。それがわかるだけに高梨は何も言うことができず、俯いた。

「なんやの。あんたが気ぃ遣うこと、ないんやで。全部、身から出た錆《さび》や、思うとる。愛情いうんは難しいな。相手があることやしな」

美緒はそう言うと、高梨が口を開くより前に、手を上げ、店員を呼んだ。

「お薦《すす》めはなんやの？　それ、二人前頼むわ。え？　飲みもん？　そんなん、生でええわ。え？　ビールはセットにはならへん？　かまへんて。なあ、良平もそれでええやろ？」

「……ええよ」

頷いた高梨に対し、美緒は満足そうに笑ったあと、小さな声で「かんにん」と詫びた。

「謝ることないで。僕は何があろうと姉貴の味方やし」

これだけは伝えておきたい。そう思い、告げた言葉を美緒は笑い飛ばした。

「そら頼もしいわ。警視庁捜査一課の警視さま以上に頼りになる味方なんておらんのちゃう？」

揶揄《やゆ》していはいたが、彼女の目が酷く潤んでいることに、気づかぬ高梨ではなかった。

「……ほんま、僕でできることやったらなんでも協力するで」

高梨の言葉を聞き、美緒はますます美しい瞳を潤ませながらも、

「ほんま、優秀な弟持って、幸せやわ」

と、軽口を叩き、にっこり、と微笑んだ。

「頼みたかったんは、弁護士さんについてなんや。あんた、知り合いに優秀な弁護士さん、おらへん？　東大の法学部卒やったら、一人や二人、思いつくんやないかと思うてな」

「弁護士か……」

高梨はざっと、自分の大学の同級生や先輩に後輩を思い浮かべた。

優秀とされる弁護士となっている人物の顔をいくつか思い浮かべたものの、これ、という決め手はない。

「せやなあ……」

誰か、『優秀』な弁護士はいないだろうか、と首を捻《ひね》っていた高梨の脳裏に、一人の弁護

士の顔が浮かんだ。

事件絡みで知り合ったヤメ検の弁護士である。大手法律事務所に勤務していることは知っているが、個人の依頼を受けるのかということまでは確認していなかった。

だがおそらくは、高梨の知る中で、もっとも優秀と思われる弁護士の顔を思い浮かべていた高梨の頭の中を覗いたかのようなタイミングで美緒が口を開く。

「あんたに心当たりがないんやったら、区の法律相談所に行くさかい、無理せんでええよ」

「いや、無理ってわけやないんや。一人候補がおる。ただ、企業専門かもしれんので、ちょっと確認してみるわ」

「悪いな。頼むわ」

助かるわ、と美緒が高梨を拝んだところに生ビールが運ばれてきた。

「乾杯しよ」

美緒がビールグラスを持ち上げ、高梨に向かって差し出してくる。

「え?」

何に、と問い返そうとした高梨の前で美緒がにっこりと微笑んだ。

「今日休み、いうことは事件、解決したんやろ? おめでとう」

「……おおきに」

今、自身が大変なときであるのに、弟の仕事のことをも思いやってくれる、そんな姉の優しさを目の当たりにし、高梨の胸は熱く滾《たぎ》った。

離婚に関しては、夫婦間の問題ゆえ、求められないかぎり口を挟むまいと思っていた。きっかけとなったのは義兄の浮気だったが、姉には一片の落ち度もなかったかどうかは高梨にはわからない。

だがたとえ、落ち度があったにしても、自分は一〇〇パーセント、姉の味方である。家族の絆《きずな》という以前に、高梨はこの姉が好きだった。

姉のためにできることはしよう。力になれるところはなろう。そう心に決めていた高梨の胸中がわかったのか、美緒は少しくすぐったそうに笑うと、

「さあ、飲むで」

と昼だというのにビールグラスを一気に空けるという豪快さを見せ、高梨を呆《あき》れさせたのだった。


その後、二時過ぎまで高梨は美緒の雑談としかいいようのないお喋《しゃべ》りに付き合ったあと、店の前で彼女と別れた。

「ほな、連絡するわ」

手を振った高梨に美緒もまた「頼むわ」とひらひらと手を振る。立ち去っていく彼女をその場で佇《たたず》み見送っていた高梨に、背後から声をかける者がいた。

「あの、高梨さん」

「え？」

聞き覚えのある声に、高梨が振り返る。

「ああ、君は」

声をかけてきたのが誰だかわかり、笑顔になった高梨が、尚も言葉を続けようとしたとき、その人物が不意に高梨に身体をぶつけてきた。

「……っ」

胸のあたりに痛み——というより焼け付くような熱さを感じ、自身の身体を見下ろした高梨の目に飛び込んできたのは、己の右胸に刺さるナイフの柄だった。

「……す、す、すみません……っ」

その人物はもう、高梨の前から飛び退《の》いていた。震える声で謝罪をしたかと思うと一目散に駆け去っていく。

「ま……っ」

待て、と手を伸ばすのが限界だった。息苦しさが増し、意識が急速に遠のいていく。

刺された、と自覚したと同時に、これはもうあかんかもしれんという思いが高梨の頭を過《よぎ》

った。

死にたくない。まだ死ぬわけにはいかない。彼を残して――いつしか閉じていた瞼の裏に愛しい男の顔が浮かぶ。

「ごろ……ちゃん」

唇からその名が漏れたと同時に、最早立つだけの力もなかった高梨は、どさり、とその場に崩《くず》れ落ちた。

きゃー、という悲鳴が周囲で上がったが、そのときにはもう高梨の意識は混濁していた。

血がドクドクと身体から流れ出ていくのがわかる。

「良平！　しっかりしいや！　良平！」

がくがくと身体を揺さぶっているのは、引き返してきた姉か――大丈夫や、と告げ、安心させてやりたいが、既に声を発する力は高梨に残っていなかった。

「救急車！　はよ救急車呼んでや‼」

泣き叫ぶ姉の声を聞きながら高梨は、そのまま暗く深い淵《ふち》に飲み込まれるようにして意識を失っていったのだった。

高梨が刺されたことなど知る由《よし》もない田宮はその頃会社で、既に日常茶飯事となっている同僚たちのやりとりに辟易《へきえき》しつつ仕事をしていた。

「雅巳《まさみ》、どうして僕の気持ちをわかってもらえないんだ」

芝居がかった口調で嘆いてみせているのは、米国で大企業を連ねるグループ会社のトップを父に持つアラン・セネット。

「わかるわけないだろ」

彼の嘆きに対し、必要以上に冷たい口調で答えているのは、田宮の二歳年下の富岡《とみおか》雅巳。共に会社の後輩である。

アランは富岡がSNSに上げていた写真に一目惚《ぼ》れをし、父の財力と権力を使って、今まで田宮の会社にはなかったナショナルスタッフの逆出向という制度を作ってまでして来日し、富岡と同じ部に配属された。

金と権力にものをいわせることに対してアランが少しの疑問も持たないのは、生まれたときからそうした環境にいるためであり、人柄的にはそれほど悪くないと田宮は思っている。

一方富岡は、かなり長いこと田宮に対し、恋愛感情を抱いていたが、最近『友達宣言』をしてきて、その後、それまでのようにのべつまくなしにアプローチしてきた一連の行動はなくなった。

富岡はアランの自分への想いを迷惑であるときっぱり撥《は》ねのけているのだが、拒絶され慣れていないのか、アランは少しもめげずに毎日誘い続けている。

彼のアプローチが常識の範疇《はんちゅう》であれば、田宮も人様の恋愛に対し口を出すまいと思うのだが、たとえば富岡が昼にラーメンを食べたいと言おうものなら、彼が常連となっているラーメン店を買収して会社の隣に移転させるなどというとんでもないことをさらりとやってのけるため、困り果てた富岡を見かねてアランに注意を与えてしまう。

アランが以前、富岡の気を引こうとして田宮に気のある素振りをしてみせたこともあり、このところ田宮とアラン、そして富岡の三人は『男同士の三角関係』として主に女性社員を中心に好奇の目を集めていた。

「雅巳、いい加減、僕にチャンスをもらえないか？　君と二人でゆっくり話したいんだ」

「今、話しているだろ？　だいたい業務についての相談というから聞く気になったのに、さっきから仕事の話なんか一つもしていないじゃないか」

泣きを入れるアランに対し、富岡の返しはキツい。部内の皆が聞き耳を立てていることがひしひしと感じられるため、田宮はその辺にしておけ、と二人に注意を促した。

「アラン、そろそろ経理との打ち合わせの時間じゃないのか？」

「吾郎、君からも言ってやってくれ。雅巳は冷たすぎるよね？」

注意したというのにアランにはまるで通じず、逆に訴えかけてくる。

「田宮さんを巻き込むなと言ってるだろ？」

途端に富岡が一層厳しい声を上げ、アランを睨んだ。

「雅巳は吾郎に関することじゃないと、僕と目も合わせてくれない」

はああ、とアランが深い溜め息をつく。

「……経理、行って来いよ」

そうしてしつこくするのは逆効果だと、なぜアランにはわからないのか。おそらく彼は今まで、片想いの経験がないのだろう。このままでは彼の気持ちが富岡に届くことはない。それこそ余計なお世話だが、あとからその旨、アランに注意をしようと思いながら田宮は、まずは仕事をしろ、と落ち込む彼にそう声をかけた。

「……わかった」

田宮の意図が少しは伝わったのか、アランは溜め息交じりに返事をすると、立ち上がり、よろよろした足取りでエレベーターホールへと向かっていった。

「すみません、田宮さん」

彼の姿がフロアから消えると富岡が、申し訳なさそうな顔で頭を下げる。

「お前が謝ることじゃないだろ」

謝るべきはどちらかというとアランで、と田宮は富岡の謝罪を退けた。

「なんとかしなきゃとは思ってるんですよ」

富岡がぼそりとそう告げ、悩ましげな顔で言葉を続ける。

「また合コンでも行くかなあ」

「…………」

付き合う相手ができれば、アランも諦めるだろう。その思いから出た言葉だろうが、そう告げる富岡は無理をしているようにも見えた。

アラン対策で恋人を作ろうとしているのか。だとしたら本人にとってもその相手にとってもあまりいい結果にならないのでは。

それこそ余計なお世話と思いつつ、田宮が富岡に声をかけようとしたそのとき、机の上に置いた携帯が着信に震えたため、誰からだ、とディスプレイを見た。

「え？」

液晶画面に浮かんでいるのは、高梨の姉、美緒の名である。自分の携帯に彼女がかけてくることは時々あったが、たいていは夜だった。

何か急用だろうか。今頃、高梨と会っているのではないかと思うのだが。そう思いながら田宮は携帯を手に立ち上がり、応対に出ながらリフレッシュコーナーへと向かおうとした。

「はい、田宮です」

数歩歩いたところで電話に出た田宮の耳に、聞き覚えのあるものとはまるで違う、低い美緒の声が響いてきた。

『……ごろちゃん、あんな……』

「美緒さんですよね？」

声が違い過ぎる、と確認を取る。美緒から電話がかかってくるときは、常に張りのある、元気すぎるほど元気な声音だというのに、今日に限ってどうしたのか。

離婚関係で何か問題が生じ、それで元気がないのか、と案じていた田宮だが、次の瞬間、耳に届いた美緒の言葉を聞き、頭の中が真っ白になってしまった。

『どうか落ち着いて聞いてや。良平が……刺されたんや』

「…………え…………？」

電話の向こうで美緒が告げた言葉の意味が、最初田宮にはストレートに伝わってこなかった。

否《いな》。信じたくないという気持ちが勝り、無意識のうちに思考のスイッチを切っていた、というのが正しい。

しかし、逃避は長くは続かなかった。本人も酷く動揺しているにもかかわらず、田宮にショックを与えまいという配慮を心がける美緒が、声の震えを抑えつつ同じ言葉を繰り返したためである。

『良平が何者かに刺されて、今、手術中や……これから病院、来られるか？』

「……はい……はい……」

美緒が病院名を告げるのに、譫言《うわごと》のように『はい』と返事をしてはいるが、田宮が今、考えているのはただ一つ、これが夢であってほしいという願いのみだった。

『病院、わかるか?』

電話越しに田宮の現実逃避が伝わったのだろう。美緒が確認を取ってくる。

「……はい……」

頷いた田宮の声は、酷く掠《かす》れていた。

『しっかりしいや。はよ、来るんやで』

美緒がきつい語調になったのは、叱責《しっせき》というよりは自分の気力を奮い立たせたいという思いからだということを察した途端、田宮は自身を取り戻すことができた。

「わかりました」

すみません、と詫び、目黒区にある病院の名を復唱してから田宮は電話を切った。

「田宮さん、どうしたんです?」

すかさず、傍《そば》で田宮の様子を見ていた富岡が、異変を察し問いかけてくる。

「……悪い。俺、早退するから。あとのこと、お願いできるか?」

喋っている自分の声が、酷く遠いところから聞こえる。そんな錯覚に陥っていた田宮は、富岡に肩を摑んで揺さぶられ、はっと我に返った。

「しっかりしてください。何があったんです? 美緒さんから連絡があったんですよね? 美緒さん、何を言ってきたんです?」

目を真っ直《ま　す》ぐに見据えながら富岡が真摯《しんし》な瞳で問いかけてくる。そんな彼の瞳を見ているうちに田宮は思わず問われるがまま、答えてしまっていたのだが、それは彼が縋《すが》るべき相手として富岡を認識したためかもしれなかった。

「……良平が……刺されたって」

「なんですって？」

その瞬間、富岡の顔色がさっと変わった。

「わかりました。あとは任せてください。パソコンも電源切っときますから、さあ、早く病院に向かって。さっき電話口で言ってたところですよね？」

「……あ……うん」

頷いた田宮に富岡が問いを発する。

「タクシー代、ありますか？」

「あ……うん、多分」

再度頷いた田宮に富岡は何か言いかけたが、すぐにポケットから財布を取り出し、そこから抜いた一万円札を田宮のポケットに入れた。

「携帯……は、電源を切れって言われるか、病院なら。ともかく早く向かってください。田宮さんの今日の予定はＷＥＢで観て、仕切り直しておきます。さあ、もう、このまま行っちゃってください」

さあ、と再び富岡が田宮の背を押す。

「わ、悪い」

「悪くないです。さあ、早く」

詫びた田宮に富岡は笑顔で頷いたが、すぐ、思い直したような表情となると、

「タクシー乗り場まで一緒にいきましょう」

と告げ、田宮の肩を抱いて歩き始めた。

「大丈夫だよ」

付き添いなどいらない、と田宮は慌てて首を横に振ったが、富岡はかまわず歩き続ける。

「大丈夫ですからね」

エレベーターを待っている間に、富岡はそう言うと、ぽん、と未だに抱いたままだった田宮の肩を叩いた。

「……え？」

何が——と問わずとも、富岡が自分を力づけようとしていることが田宮にはわかった。富岡の言う『大丈夫』は高梨の容態についてに違いない。

ありがとう、と礼を言おうとしたはずだったのに、口を開いた途端、田宮の意図に反した言葉が迸り出てしまったのだった。

「……美緒さん、すごく動揺してた」

「……え……？」

不意に喋り始めた田宮を見下ろす富岡の目に、戸惑いの色が生まれる。

そのとき、ポン、という音と共にエレベーターが到着し、扉が開いた。

「……取りあえず、乗りましょう」

富岡が横目でそれを見ながら、再び田宮の肩を抱いて無人のエレベーターに乗り込む。

一階のボタンを押す富岡の姿を、田宮はぼんやりと見つめていた。

「田宮さん」

視線を感じたのか富岡がまた真っ直ぐに田宮の目を見つめ、呼びかけてくる。

「……良平、今日休みだったんだ……」

ぽつ、と、田宮の口からまた、本人の意思に反し言葉が零《こぼ》れ落ちた。

「……そうなんですか」

相槌の打ちように迷ったらしい富岡が小さく頷く。

「……だから……丸腰だった。刺されても防御するもの、何も身につけてなかったはずなんだ」

「田宮さん？」

喉の奥が詰まる。胸に熱いものが込み上げてきて、声が震えてしまうのを堪えられなくなった。

「良平……大丈夫かな……」

心配だ――そう思ったと同時に田宮の両目から堪えきれない涙がぶわっと溢れ出た。

「田宮さん……」

富岡がどう対処していいかわからないといった表情になりつつも、田宮の肩を抱く手にぐっと力を込めてくれる。

そこでエレベーターは一階に到着したが、涙で前が見えず、歩けないような状態の彼を富岡は抱えるようにしてタクシー乗り場まで連れて行ってくれた。

客待ちのタクシーに田宮を乗せたあと、富岡もまた、乗り込んでくる。運転手に行き先を告げたのも富岡だった。田宮はただ、両手に顔を埋め泣いていることしかできずにいたのだが、そんな自分を情けないと反省する余裕は、そのときの彼からは失われていた。

車が走り始める。高梨は大丈夫だろうか。心配が募り、ますます涙が止まらなくなる。

「あ……危ない、とかなら、美緒さん、言ってくれるよな……でも、心配かけたくないから、やっぱり言わないかな……どうしよう、なあ、富岡、どうしよう……っ」

もう、自分でも何を言っているのか、田宮にはまるでわからなくなっていた。言葉が嗚咽《おえつ》と共に口から迸る。

「大丈夫です。大丈夫ですから」

肩に回った富岡の手の力強さに、耳許で繰り返される彼の、自信に溢れるきっぱりとした

口調に救われる思いがする。

　富岡の言う『大丈夫』にはなんの根拠もないことは、勿論、田宮にもわかっていた。が、第三者から言われる『大丈夫』は不思議なほどに田宮の心にしみ入り、彼を落ち着かせていった。

「……ごめん……」

　おさまってきた涙を拭い、顔を上げる。

「……いえ」

すぐ近いところに富岡の真摯な瞳があった。小さく微笑み首を横に振った彼が、ぽんぽんと田宮の肩を叩いて身体を離す。

「もうすぐ病院に着きます。僕も心配なんで、美緒さんから容態聞くところまでは一緒にいますが、そのあとはすぐ、会社にとんぼ返りしてあとのフォロー、しておきますから」

「……悪いな」

　さもなんでもないことのように、さらりと富岡に告げられ、田宮は彼の度量の大きさと思いやりの深さに感じ入った。

　きっと自分を『大丈夫』と慰めながら、先のことを考えてくれていたのだろう。そもそも彼は当初、会社に残るはずだったのに、自分の言動が危うかったから病院まで付き添ってくれたのだ。仕事もあるだろうに、と思うと申し訳なさが募り、田宮は改めて富岡に対し、深く頭を下げた。

「本当に……申し訳ない」

「何を言ってるんです。田宮さんが申し訳なく思うことなんて、一つもないじゃないですか」

明るく笑いながらそう言うと富岡は、笑顔のまま言葉を続け田宮を見つめた。

「僕は田宮さんの『友達』ですから」

「……うん……」

かつては恋愛感情を抱いていると再三、告白された。キスをされそうになったり、抱き締められたりしたことも一度や二度ではない。だが、あるときから富岡は、もう恋愛感情は封印し友情を育《はぐく》んでいきたい、と宣言してきた。

その後、彼は間違ってもキスやハグなどはしようとしないし、以前のようにのべつまくなしに口説くこともなくなっており、彼から発せられる自身への感情は本人の言うとおり『友情』に他ならない——とは田宮も思う。

自分に置き換えて考えてみると、恋愛感情を友情にきっぱり切り換えるということが可能かどうか、首を傾《かし》げざるを得ないだけに田宮は、富岡が相当無理をしているのではと思えて仕方がないのだった。

いつしかぼんやりとそんなことを考えていた田宮は、富岡の、

「病院、見えてきましたよ」

との声にはっとし、彼を見た。

「大丈夫です。高梨さんがあなたを残していなくなるなんて、あり得ませんから」

笑顔で頷く富岡のまなざしは力強く、そして温かかった。

「……うん……」

ありがとう。そしてごめん——そう思うこと自体、富岡に対して失礼ではないのか。胸の中にもやもやと立ちこめるそんな思いから、申し訳ないが今だけは目を背けさせてもらおう。本当に申し訳ない、と思う田宮の目はフロントガラス越しに見える病院へと注がれ、頭の中は今や、高梨の無事を祈ることでいっぱいになってしまっていたのだった。

3

「ごろちゃん！」

病院に到着すると、エントランスで待っていた美緒がすぐ見つけてくれ、二人に駆け寄ってきた。

「美緒さん……」

美緒は普段、綺麗《きれい》に化粧をしているのだが、今日は泣いたせいか化粧はすっかり落ちているだけではなく、顔色も酷く悪かった。

「こっちや」

美緒が田宮の腕を引き、歩き始める。

「あの」

富岡が声をかけてようやく彼女は存在を認識したらしく、

「あ、富岡君」

と呟くようにして名を言うと、不意にくしゃくしゃと顔を歪《ゆが》めた。

「み、美緒さん？」

いきなり泣き出した彼女を前に、富岡も、そして田宮もはっとし、顔を覗き込んだ。

「かんにん……ごろちゃんを支えな、と思うとったんやけど、富岡君の顔見たら、なんや、張り詰めてたもんが解《ほど》けてもうて……」

泣き笑いの顔になった美緒が、涙を拭いつつ富岡の顔を逆に覗き込む。

「ごろちゃんの騎士《ナイト》やもんな。ウチの嫁に付き添ってくれて、ほんま、おおきに」

「こちらこそ」

富岡もまた笑顔で頭を下げたあと、一転して心配そうな表情となり美緒に問いかけた。

「それで、高梨さんの容態は？」

「わからん。今、手術中や」

待合室はこっちや、と美緒が厳しい顔になり、二人を地下にある手術室前の待合室へと導いた。

「刺されたって……」

待合室内に入ると、まず田宮は、高梨の身に何が起こったのかを教えてほしい、と美緒に問うた。

「……ようわからんのよ。私と食事しとった店を出たあと、刺されたらしい、いうことしか……」

美緒はそう言うと、本当に申し訳なさそうな表情となり、田宮に向かって「かんにん」と頭を下げた。

「どうして謝るんです」

美緒は悪くない。田宮が慌てて美緒の腕を摑み、顔を上げさせようとする。

「せやかて、私が呼び出したりせんかったら、良平、刺されることなかったんやないかって……」

思い詰めた顔で言い続ける美緒の言葉を田宮が遮る。

「美緒さんのせいじゃないです。絶対に」

「……かんにんな、ごろちゃん」

私が慰めなあかんのに、と美緒は酷く落ち込んだ表情とはなったが、気持ちの整理が終わったのか、すぐさまいつものようにはきはきとした口調で話し始めた。

「私と別れたあと、刺されたんや。良平に背を向けて数メートルいった頃やったみたい。そやし、犯人の顔、私は見てないんや」

警察にも言うたんやけど、と、美緒が悔しそうに唇を嚙む。

「警察は、なんて?」

周囲を見回したところ、警官の姿はない。田宮が尋ねると美緒は、

「なんも」

と首を横に振った。

「誰かを庇って、とか、誰かを助けようとして、というわけじゃなく、高梨さんが狙《ねら》われたんでしょうか」

富岡の問いに美緒がまたも首を横に振る。

「狙われたかはわからん……私も後ろ、向いてたしな。でも、誰かを庇おうとした、いう感じではなかったわ。どちらかというと、通り魔的、いうか……」

「通り魔……」

呟いた田宮の横から富岡が、

「でも刺されたのは高梨さん、一人なんですよね……」

と独り言のように呟いたあと、ふと思いついた様子で再び周囲を見回した。

「警察の人は？　誰も待機していないんですか？」

同僚や部下の一人でもいそうなものだが、と富岡が警官を探したのは、彼からも情報を得たいと思ったからだった。が、その希望は美緒がバツの悪そうな顔で告げた内容により、かなうことはなかった。

「あれこれ聞くばっかりで、なんも情報持ってなかったさかい、私が追い返してしもうたんよ。こんなところにおらんで、さっさと犯人見つけてきてや、言うて」

「……なるほど」

それでいいのか、と富岡は頷くと、田宮へと視線を向け微笑んだ。

「それじゃあ僕は一旦会社に戻ります。あとでまた、田宮さんの鞄持ってきますんで」

「……悪いな、富岡」

美緒も、そして自分も落ち着いていると判断したためだろう。これから彼は会社に戻り、仕事のフォローをしてくれるのに違いない。

察した田宮は富岡に対し、深く頭を下げた。

「本当に助かる。ありがとう」

「お礼なんて言わないでくださいよ。こんなときなんです。なんでもやっときますんで」

それじゃあ、と富岡は田宮の肩を叩いて顔を上げさせると、その様子を見ていた美緒にも笑顔を向けた。

「すみません、またあとで来ますので。高梨さんの手術、無事に終わりますよう祈ってます」

「おおきに。あかんかったらこない時間かからんとちゃうの、と思って待つわ」

美緒もまた笑顔を向けたそのとき、手術室の赤いランプが消え、ブルーの手術着姿の医師が出てきた。

「先生！」

美緒がはっとした様子で駆け寄っていく。田宮はその場で固まっていたが、富岡に、

「田宮さん」

と背を押され、彼と共に医師の元へと向かった。

「良平は？　弟は？　無事なん？」

医師に縋る勢いで美緒が問いかける。医師はかけていたマスクを外したが、彼の口元に笑みがあることに田宮は望みを託し、銀縁眼鏡《めがね》のその医師が口を開くのを待った。

「はい。手術は無事、終わりました。間もなくＩＣＵで面会できると思いますよ」

「ああ……」

安堵したのだろう。美緒がその場に崩れ落ちそうになる。

「美緒さん！」

田宮は慌てて彼女に駆け寄り、身体を支えた。

「ごろちゃん……よかった。良平、生きとるって」

田宮の胸に縋りながら、美緒はそう言い、泣きじゃくった。

「ほんま、よかったなあ」

「うん……うん……っ」

田宮もまた込み上げる涙を堪えることができず、嗚咽の声を漏らす。

「実際、あと数センチ、刺された場所がずれていたら危ないところでした」

本当によかった、と医師は抱き合って泣く美緒と田宮、二人の背をぽんぽんと叩きそう言うと、会釈をしてその場を離れていった。

「田宮さん。美緒さん」

富岡もまた安堵し、二人に駆け寄っていった。

「よかったですね」

「ほんまに。富岡君、ありがとね」

美緒が心底嬉しそうに言い、なあ、と田宮を見る。

「本当に……ありがとう」

頭を下げた田宮に富岡は、

「いや、僕もほっとしました」

と微笑むと、

「それじゃ、ちょっと会社に戻ります」

そう告げ、軽く頭を下げてから踵《きびす》を返した。

「ありがとな、富岡」

礼を言い足りなくて、田宮がそう声をかける。富岡は肩越しに振り返り、微笑んだだけでそのままエレベーターホールへと向かっていった。

「ええ子やね、ほんま」

美緒が感心した声でそう言い、田宮を見る。

「横恋慕の相手にしては惜しいわ」

「いや、それがもう……」

田宮は説明しかけたのだが、看護師が二人に声をかけてきたため、その話は中断されることとなった。

「高梨良平さんのご家族のかたですか？」

「そうです」

美緒が答え、田宮を振り返る。田宮の頭にふと、ＩＣＵへの入室や、救急車への同乗は家族に限られるのではなかったか、という考えが過《よ》ぎった。

「間もなく、ＩＣＵにご案内できるのですが、麻酔が切れていないため、お話は無理そうです。一時間ほどで切れるかと思います。今は眠っていらっしゃる状態ですが、お顔、ご覧になりますか？」

「はい、見ます」

即答したのは美緒だった。田宮も勿論、無事を自身の目で確かめたかったが、『家族のみ』ということを思うと、自分には入室する権利はないのではと考え、答えるのを躊躇《ためら》ってしまったのだった。

「それではどうぞ」

看護師が美緒を案内しようとし、その場に立ち尽くす田宮を振り返る。

「そちらの方は？　ご家族ですか？」

「あ……」

違う。答えかけた田宮の声を遮るように、美緒が口を開いた。

「はい。弟です」

「ではどうぞ」

看護師は疑う様子もなく、唇の端を上げるようにして微笑むと、先に立って歩き始めた。

「ごろちゃん、行くで」

美緒が田宮の腕を摑み、看護師のあとに続こうとする。

「でも……」

いいのか。嘘をつくことに躊躇いを覚えていた田宮だったが、美緒は強引に田宮の腕を引き続けた。

「美緒さん」

「……嫁なら私の義弟《おとうと》やないか」

美緒が看護師に聞こえないよう、こそりと田宮の耳許に囁く。

「…………」

高梨の弟ということならあからさまな『嘘』となる。だから私の義弟だと言ったのだ。美緒の機転は田宮の罪悪感を少しだけ軽くしてくれていた。

戸籍上、結婚しているわけではないので、『義弟』というのも正確に言えば嘘である。今の高梨の官舎も、同居は家族に限られるため、田宮は遠慮しようとしたのだが、高梨の上司が気を利《き》かせ、無理を通してくれた。

男同士であることに対し、世間には白い目を向けてくる人間もある程度いるということは、勿論田宮もわかっていた。が、自分たちの周囲の人たちは皆、温かい目で見てくれている。本当に恵まれている環境だ、と、皆のおおらかな心と優しい気持ちに日々感謝をしていた田宮だったが、今日もまた、その感謝の念を美緒に対して抱きつつ、彼女と共にＩＣＵに入る準備を整えた。

専用の病院着を着込み、消毒をすませて入室する。

「一番奥になります」

先導の看護師はそう言うと、ビニールカーテンに区切られたベッドが六つほど並んでいる、その間の通路をすたすたと進んでいった。

どうぞ、とビニールカーテンを持ち上げてくれた看護師に目礼をし、先に美緒が、続いて田宮が中に入る。

ピッピッと脈拍数と連動している機械音が響くそのスペース内で、ベッドに横たわる高梨の顔を見た瞬間、田宮の目からは堪えきれない涙が溢れてきてしまった。

「良平っ」

名を呼び、駆け寄る美緒の声も涙が滲んでいる。

「生きとる……生きとるわ……」

高梨の口には酸素マスクがはめられており、それが彼の吐く息で白く曇っているのを見て、美緒が震える声でそう言い、田宮を振り返った。

「はい……はい……」

答える田宮の声も涙で震えてしまっている。

「ほんま……よかったなあ、ごろちゃん」

美緒が田宮の胸に縋り、再び嗚咽の声を漏らす。

「はい……はい……」

先ほどから自分は『はい』しか言えてない。そんなことに気づく余裕があるはずもない田宮も泣きながら、しっかり美緒の身体を抱き締め、高梨の普段より白く見える顔を——そしてしっかりと呼吸をしている様を見つめ続けた。


看護師に退室を促され、二人は今度はＩＣＵの待合室に移動しそこで放心したまま暫《しば》く黙り込んでいた。

「……なんか飲み物、買ってくるわ」

かなり長時間、二人してぼんやりしていたが、美緒が思いついたようにそう言ったのを聞き、田宮は自分が行く、と申し出たあとに、空腹ではないかと彼女に問うた。

「せやね。安心したらちょっと、お腹《なか》減ったわ」

美緒がそう言うので田宮は病院内にある売店に、飲み物と菓子パンを買いに行き、そのついでにロビー内にある携帯電話を利用してもかまわないエリアに向かうと、富岡の番号を鳴らしてみた。

『田宮さん、どうしました？』

声に緊張を滲ませ、富岡が応対に出る。

「あ、いや。会社のほう、どうかなと思って……」

田宮がそう言うと、電話の向こうで富岡はほっとしたように息を吐き出したあと、

『大丈夫ですよ』

と明るく答え始めた。

『課長に今日の午後半休と、明日の有休申請はしておきました。仕事ですが、客先往訪は体調不良を理由に仕切り直しにしてもらってます。社内打ち合わせはリスケでどの部署からもOKもらってますんで大丈夫です。今日明日中にどうしてもやらなければという急ぎの仕事はないようですよ』

「……ありがとう。本当に……」

会社に戻ってからまだそう時間は経《た》っていないだろうに、それらすべてを仕切ってくれた

富岡に、感謝してもし足りない、と田宮は電話を握ったまま深く頭を下げた。

『礼なんていいですって。あ、もうすぐ仕事が片付きますんで、田宮さんの鞄を持ってそっちに向かいます。他になんかしておくこと、ありますかね？』

あたかもたいしたことはないというスタンスを貫く富岡に田宮はそれでも、

「本当にありがとう」

と礼を言うと、特に思いつかないし、鞄は会社に置いたままでもいいと伝えた。

『僕を気遣ってくれてるんなら、不要ですよ。僕も高梨さんの容態が気になりますし』

だが富岡は田宮の気遣いをあっさり退けると、

『またあとで』

と告げ、電話を切った。

本当に申し訳ないな、と田宮はスマートフォンの画面を暫く見つめていたが、すぐに我に返ると美緒の待つ待合室へと戻ったのだった。

「入院になるんやろな」

待合室で、田宮と美緒は二人してペットボトルの茶を飲んでいたのだが、ふと思いついたように美緒がそう告げたのを聞き、田宮は、これからすべきことを考えねばいけないか、と思い当たった。

「俺、家に戻って、入院の準備、してきます」

保険証もとってこないといけないだろうし、と立ち上がりかけた田宮の腕を美緒が摑んで再び座らせる。

「良平と話してからのほうがええんやない？　もうすぐ麻酔も切れるし」

ごろちゃんも心配やろ、と微笑む美緒に、田宮は改めて礼を述べた。

「本当にありがとうございます」

「なに？」

美緒が不思議そうに目を見開く。

「ＩＣＵに入れてくださって……」

彼女は田宮がそう言うと、

「なんや、それかいな」

と田宮の感謝の気持ちを笑って退けた。

「別に噓はついてへんやろ。籍は入れてへんけど、ごろちゃんが高梨家の嫁、いうことは間違いないんやし。でもほんま、日本も同性婚、認められるようになるとええよな。そしたら堂々と結婚式、挙げられるし」

美緒はそう言ったかと思うと、

「覚えとる？　挙式の相談したん」

と目を輝かせ、問うてきた。

「覚えてますよ。勿論」

頷いた田宮の脳裏に、美緒と初めて会ったときの光景が浮かぶ。

高梨の父親を見舞うため実家を訪れた際、高梨は田宮を『嫁』と紹介し、その場に居合わせた母親と美緒、それにもう一人の姉、さつきの度肝を抜いた。

最初のうちこそ、戸惑いを覚えていた様子の彼女たちだったが、すぐに二人の関係を受け入れてくれただけではなく、嫁というからには結婚式を挙げなければ、とノリノリになり、田宮が口を挟む間もなく、ハワイ挙式だの、松崎しげるに『愛のメモリー』を歌ってもらうだの、天井までの高さのウエディングケーキだの、どっちがウエディングドレスを着るかだの、いっそ両方タキシードだと退廃的だのという、わけのわからない盛り上がりを見せたのだった。

「結婚式は挙げといたほうがええで。あの日は花嫁が主役やからな。離婚する身でこないなこと言うのはなんやけど、結婚式はほんま、ええ思い出いうか、幸せな記憶で、別れることが決まったあとも後悔とかまるでないわ」

美緒はそう言うと、田宮が相槌に困っている気配を察したらしく、

「まあ、私のことはどうでもええけどな」

と苦笑し、言葉を続けた。

「ともかく、やっといたほうがええ、いうんは間違いないわ。良平もしたいんちゃうかな。

あの子、ああ見えてイベントごと好きやし。タキシードでタンゴ踊れ、いうたら必死に練習して本番を確実に盛り上げるタイプやで」

「確かに、そうだとは思いますが……」

「悔いの残らないように、やっといたほうがええと思うで、マジで」

「まあ、それはまた良平と相談して……」

このままでは美緒に式場を予約されかねない、とたじたじとなりながらも必死に攻防していたそのとき、看護師が待合室にやってきて、高梨が目覚めたことを教えてくれた。

「ほんまですか」

美緒の顔がぱっと輝く。田宮もまた気づいたときには立ち上がっていた。

「五分ほどでしたらお話ししていただいて結構ですよ」

看護師はそう言うと、どうぞ、と二人をＩＣＵへと導いてくれた。

そこでまた病院着を着込み、消毒をする間、田宮は早く高梨の声が聞きたいと、気が急いて仕方がなかった。美緒も同じのようで、仕草が焦っているのがわかる。

「お静かにお願いしますね」

二人の気持ちを悟っていたのか、看護師はそう注意を促してから、高梨のベッドへと二人を連れていった。

「良平！」

お静かに、と言われていたことはすっかり美緒の頭からは飛んでしまっていたらしく、ビニールカーテンの中に入ったと同時に彼女はそう叫び、目を閉じていた高梨に駆け寄っていった。

「……姉貴……」

高梨が薄く目を開き、酸素マスク越しにそう呟く。その声を聞くともう、田宮も我慢ができなくなり、同じく美緒の傍に駆け寄るとベッドの柵を摑み高梨の顔を見た。

声を発しようとすると涙が零れそうになり、呼びかけることができない。

「……ごろちゃん……」

高梨が少し驚いたように目を見開き、田宮の名を呼ぶ。

「……りょう……」

堪えていた涙が一気に溢れ出し、田宮の頰を伝った。

「かんにん……心配かけたな」

高梨が手を伸ばそうとし、痛そうに顔を歪める。

「ごめん……っ……ごめん、良平……っ」

田宮は慌てて涙を拭うと、手を伸ばし、高梨の手を握った。

「なんでごろちゃんが謝るの」

高梨が苦笑しつつも、田宮の手を握り返す。

「……あんた、大丈夫なん?」

美緒もしっかり泣いていたが、良平が顔を上げ、またも少し驚いたように目を見開いて告げた言葉を聞き、いつもの調子を取り戻した。

「姉貴……化粧、はげとるで」

「もう大丈夫みたいやなあっ」

美緒が怒声を上げた途端、看護師が駆け寄ってきて「お静かに」と注意されてしまった。

「かんにん」

笑おうとして、また痛みを覚えたのか、高梨が微《かす》かに顔を歪める。

「大丈夫か、良平」

今の美緒とのやりとりに笑ったせいで、少し落ち着きを取り戻すことができていた田宮は、高梨に傷の具合を尋ねた。

「大丈夫や。さっき看護師さんに聞いたら、あとは寝とれば治る、言われたわ」

「ほんまか? あないにぶっすり刺されとったのに?」

美緒が驚いたせいで、また声が高くなりかけたため、看護師が慌てた様子で飛んできた。

「ほんまに寝とれば治るんですか?」

彼女が注意をするより前に、美緒がそう問いかける。

「え?」

看護師は一瞬、何を聞かれたのかわからず戸惑った顔になったが、高梨が、

「さっきそう言わはりましたよね」

と声をかけると、ああ、と笑顔で頷いた。

「もう治療はすみましたので、あとは傷口がふさがるのを待つだけです。多少時間はかかるかと思いますが、高梨さんは体力がありそうなので回復は他の方より早いかもしれません」

「な？」

高梨が美緒に、どうだ、と言わんばかりに笑いかける。

「あんた、凄《すご》いわ。てっきりあかんかと思うとった。胸にナイフが刺さっとったんやで。覚えとるか？」

ほとほと感心したように美緒が言うのを聞き、看護師が横から話に入ってきた。

「運がよかったんです。あと数センチずれていたら心臓を刺されて即死だったと、先生が言ってましたよ」

「……そしたらもう、命の危険はない、思うてええいうことやろか？」

美緒が恐る恐る看護師に問う。田宮もまた緊張し、看護師が口を開くのを待った。

「ええ。よほど、無理をしなければ」

看護師が笑顔でそう言い頷いてみせる。

「ほんま？　ああ、よかった。よかったなあ、良平！」

嬉しさのあまり美緒の声がまた高くなるのを看護師は「お静かに」と注意してはきたが、彼女の顔は笑っていた。

「そろそろ五分経ちますから」

だが、面会の延長は認めてはくれず、美緒と田宮を外へと促す。

「ああ、ほんまほっとしたわ。そしたら良平、またあとでな」

美緒は心底ほっとした顔で笑っていた。

「姉貴、家のこともあるんやし、無理せんでええよ」

美緒を気遣う高梨の言葉を聞き、田宮は、看護師の言葉どおり、高梨はもう危機的状況を脱しているのだと納得できた。

「俺もあとで来るから」

田宮が声をかけると高梨は、

「世話かけてごめんな」

と申し訳なさそうな顔でそう言ったあと、

「ごろちゃんも無理せんでええからな」

と言葉を足した。

「無理じゃないよ」

たとえ『無理』があったとしても、今、この瞬間でさえ傍で見守っていたいと思っているのに、と田宮は笑って首を横に振った。

「それに入院の準備もあるし」

「ああ、せや。刑事さんにも連絡せな。なんていったかな。竹中さん、やったか。あんた、喋れるか？」

美緒が問いかけ、高梨が答えようとしたが、またも看護師がそれを遮った。

「ダメですよ、まだ。ご家族との面会しか許可が出てませんから」

「竹中に連絡、頼めるか？　すぐ伝えなならんことがあるんや」

看護師の声に被せ、高梨が美緒に声をかける。

「高梨さん」

「頼むわ」

看護師が振り返って注意をするのに、高梨は、かんにん、というように微笑んだものの、美緒に念を押すのを忘れなかった。

「わかった」

美緒が頷き、田宮を「行こか」と振り返る。

「ごろちゃん」

ビニールカーテンを出かけた田宮の背に、高梨の、いつもより張りはないながらも明るい声が響いた。

「え？」

「愛しとるで」

振り返った田宮に向かい、高梨がそう告げ、じっと見つめてくる。

「えっ」

傍にいた看護師が、驚いた声を上げ、田宮へと視線を向けてきたことで羞恥を煽られたものの、田宮もまた、

「俺も」

と小さく答え、騒いではいけないと注意したはずの看護師本人に、「ええっ」という大きな声を上げさせたのだった。

4

美緒と田宮が待合室に戻ると、そこには田宮の鞄を届けにきた富岡が二人を待っていた。

「富岡！」

「高梨さん、どうでした？」

駆け寄る田宮に富岡が鞄を手渡しつつ、心配そうな顔で問いかけてくる。

「思った以上に、元気そうだった。意識もはっきりしてたし」

「それはよかった」

安堵する富岡に、美緒が横から声をかける。

「ごろちゃんに『愛してる』言うくらいには元気やったよ」

「それは安心だ」

富岡は噴き出しつつもそう言うと、田宮の肩を叩いた。

「よかったですね、田宮さん」

「うん……本当にありがとう」

鞄を届けてくれただけではなく、病院に付き添ってくれたり、自分の仕事のフォローをし

てくれたりと、富岡には何から何まで世話になった。どれだけ感謝してもし足りない、と頭を下げた田宮に富岡は、

「だから礼なんていいって言ってるのに」

と苦笑すると、座りますか、と待合室のソファを目で示した。

「私、ちょっと電話してくるわ」

美緒が二人に断り、一人エレベーターホールへと向かっていく。

「ご家族にかな？」

「警察に、かも」

と答えながら田宮は、離婚問題で大変な時期でもあるし、それにお子さんがいるということだったし、そろそろ美緒を家に帰したほうがいいのでは、という考えに至った。

今まで少しも美緒の子供について、思考がいかなかったのは我ながら情けない。だが高梨と会話を交わせたことと、もう危機的状況にはないという言葉を看護師から聞けたことで、ようやく思考力が戻ってきたと思われる。

美緒が戻ったら、あとは自分に任せてほしいと言おう、と心を決めていた田宮だったが、電話を終え、戻ってきた美緒にそれを伝えると、

「ウチのことは大丈夫や」

とあっさり返されてしまった。

「娘ももう中学生やから、自分の世話くらい自分で焼けるしな。刑事さんに聞きたいこともあるし」

「しかし……」

本当にいいのだろうか、と答えに躊躇っていた田宮に、横から富岡が、どちらへのフォローなのかこう、言葉をかけてきた。

「田宮さん、入院の準備に一度家に帰るって言ってませんでしたっけ。その間、美緒さんにいてもらうというのはどうでしょう？」

「ああ、そうか……」

まだ病院側からは何も言われていないが、入院するのは確実であるし、その場合保険証も必要になる。

高梨の着替えと、このまま病院に泊まれるようなら自分の着替えを用意してまた戻ってこようか、と田宮は富岡の案に乗ろうとした。

「美緒さん、申し訳ないんですが……」

「勿論ええよ。いってらっしゃい」

提案しようとした先回りをされ、美緒がにっこり笑って頷く。

「すみません」

頭を下げた田宮だったが、顔を上げるより前に、

「ああ、せや！」

と美緒が明るい声を上げたのに、嫌な予感が胸を掠めた。

「はい？」

「良平の官舎、一度も行ったことなかったんよ。行ってみたいわあ」

「……え？」

「……はい？」

田宮と富岡、二人して唖然《あぜん》とし、思わず美緒を見やってしまった。

「ええやん。荷物も多くなるやろうし、手伝うわ」

にっこり、と美緒が田宮に笑いかけてくる。これはもう、自分の希望を何がなんでも通すときの顔だ、とわかるだけに田宮は、やれやれ、と天を仰いだ。

「しかし、この場に誰もいなくなるっていうのは、ちょっと……」

田宮に気を遣ってくれたのか、富岡が美緒に考え直すよう、説得を試みるも、

「富岡君、悪いけど私らが帰るまでちょっと待っててくれるか？」

と、逆にそう頼まれて終わってしまった。

「そしたらごろちゃん、行こか」

楽しみやわ、とはしゃぐ美緒の姿を前にしては、これといった理由もないのに断るのも憚《はばか》られる。高梨が刺された現場に居合わせた上、助かるかどうか、はらはらしながら手術

が終わるのを待っていただけに、命の危険はもうないということがわかり、ほっと安堵したのだろう。それで少しハイになっているのかもしれない。美緒の気の済むようにさせてあげたい。来たいというのなら別に来てもらってもかまわないじゃないか、と田宮はそう思い直した。

「はい。あまり片付いていませんけど」

笑顔でそう言うと美緒は尚一層、嬉しげな顔になり、

「別にかまへんよ」

と田宮の腕を取った。

「ごろちゃんのことやから、そない言うても片付いているんやろな、とは思うとるけど」

「プレッシャーですよ、美緒さん」

思わず苦笑した田宮だったが、いつの間にかこの場を任されることになった富岡には詫びておかねば、と彼へと視線を向けた。

「悪いな、富岡。すぐ戻ってくるから」

「いえいえ」

大丈夫です、と富岡が苦笑したのは、彼もまた美緒の心中を慮《おもんぱか》ったためではないかと田宮には思えた。

「富岡君、頼むな」

「任せてください」

明るく声をかけあう美緒と富岡を微笑ましく見やりながら、田宮は美緒と共に官舎へと向かうこととなったのだが、二人で帰宅することによりこの先思いもかけない展開となってしまうことなど、彼にわかるはずもなかった。


「いやあ、綺麗にしとるやないの」

タクシーで向かった九段下の官舎に到着すると、美緒は感心したようにそう言い、まずはリビング、次にキッチン、と回り始めた。

「お茶、淹《い》れますね」

田宮がそう言うと美緒は、

「お茶なんてええよ。それより、はよ、仕度せな」

と田宮の気遣いを退けた。

「すみません、冷蔵庫に入っているもの、なんでも召し上がっててください」

お言葉に甘えて、と田宮は寝室へと向かうと、クローゼットから高梨の下着やパジャマを取り出し、風呂敷に包んで鞄に詰めた。

「なあ、他の部屋、見てもええ？」

リビングとキッチンを観察し終えたらしい美緒の声がする。

「あ、はい」

寝室は一応断ろう、とキングサイズのベッドが一つしかない室内を見渡し、田宮は一人頬を赤らめると、ボストンバッグを手にリビングへと戻った。

「案内してくれるか？」

弟の部屋とはいえ、さすがに勝手に見るのは悪いと思ったのだろう。その割りにリビングとキッチンにはその遠慮がなかったが。内心そんなことを思いながら田宮は、

「ここが良平の書斎です」

と、高梨の部屋に案内した。

「へえ、書斎なんて一丁前に持ってるんや」

美緒が興味深そうに高梨の部屋に入り、室内を見回している。実際、その部屋はほぼ使っていないというのが現状だった。高梨は何か書き物をするときも、ダイニングテーブルですることが多い。一人部屋にこもって仕事をしていたことなど、一緒に住み始めてからはないような気がする。使っていないだけに、当人の許可を得ずに美緒に見せることに対してあまり抵抗がなかったのだが、一応、あとで高梨には謝っておこう、と思いつつ、田宮は一人リビングダイニングに引き返した。高梨の保険証を探しに行ったのである。

「……あれ？」

だが、診察券やデパートのカードなど、大切なものを入れている引き出しに、高梨の保険証はなかった。

「どないしたん？」

部屋の探索に飽きたらしい美緒がリビングに戻り、問うてくる。

「いや、保険証がなくて……」

「保険証？」

美緒は首を傾げたが、すぐ、

「書斎やないの？」

と言いながら高梨の書斎へと引き返していった。

確かにその可能性はあるな、と田宮は、中を引っかき回したせいで散らかってしまった引き出し内を片付け、彼もまた書斎へと向かったのだった。

「あれ？　なんや、つかえてるみたいやわ」

書斎に入ると美緒は高梨の机の引き出しを無理矢理こじ開けようとしていた。

「美緒さん？」

田宮が声をかけたと同時に、それまで美緒がガタガタと力任せに引っ張っていた引き出しが勢いよく飛び出してきて、中身が床に散乱した。

「大丈夫ですか」

弾みで後ろに倒れ込んだ美緒に田宮は駆け寄り、彼女が立ち上がるのに手を貸した。

「びっくりしたわ。もしかしてこれ、鍵《かぎ》がかかってたんやろか」

美緒は自分が手にした引き出しを見やり、金具が歪んでいるところを指さしながら、田宮へと視線を向けてくる。

「……みたいですね」

施錠されていた引き出しを、無理矢理開けることができるような腕力の持ち主なのか、と田宮はつい笑いそうになったが、失礼かと思いとどまり込み上げる笑みを堪えた。

「たいしたもん、入ってそうにないのに、なんで鍵なんてかけるんや」

美緒がぶつぶつ言いながら再び床に座り込み、ぶちまけた中身を戻し始める。

「俺、やりますよ」

美緒が引き出しを壊したことも高梨に詫びなければ、と思いつつ、田宮は美緒の傍に座り、彼女の手から引き出しを譲り受けた。

「かんにんな」

バツの悪そうな顔で詫びた美緒が立ち上がる。

「トイレ、借りてもええ？　あと洗面所も。化粧がしたいんや。また良平にはげとる、言われるのも癪《しゃく》やしな」

「勿論。場所、わかります?」

田宮はそう言うと彼もまた立ち上がり、美緒にトイレの場所を教えにいってから、書斎に引き返した。

引き出しの中には文房具の他は、古いノートが一冊入っているだけだった。美緒の言うとおり、どうして施錠などしたのか、とノートを拾い上げた田宮は、ふと既視感を覚え表紙を捲《めく》ってみた。

『二〇××年八月～』

見覚えのある文字が目に飛び込んできた瞬間、どきり、と田宮の鼓動が高鳴った。

まさか。でも、この文字は――。

捲ってはいけない。田宮の本能がそう告げていた。これが自身の思うようなものであるかどうかはまだわからない。加えて、高梨が施錠をしていた引き出しに入っていたとなると、高梨は自分にこれを見せたくないがゆえにわざわざ鍵をかけたのでは、としか思えず、開くべきではない、と田宮は一旦はノートをそのまま引き出しにしまいかけた。

「…………」

しかし、彼の手はノートから離れなかった。どうしよう。どうしよう。そう思いながらも田宮は自身の手がノートの表紙にかかり、震える指先がページを開いてしまうのを、止めることができずにいた。

「……あ……」

一ページ目。ぎっしりと書かれた文字を見た瞬間、田宮は思わず声を漏らした。

やはり思ったとおりこれは――兄の日記だ。

十年以上前に亡くなった田宮の兄、和美《かずみ》の日記をなぜ高梨が持っているのか。混乱しながらも田宮はページを捲り続けていた。そこまで思考は働いていなかったが、その理由を探していたのかもしれない。

「……っ」

一面に同じ文字が殴り書きをされたページに到達したとき、田宮は頭の中が文字どおり真っ白になり、何も考えられなくなった。

「……ちゃん、ごろちゃん?」

どれだけ呆然《ぼうぜん》としていたことか、まるで自覚はなかった。背後から美緒に声をかけられ、我に返った田宮は慌ててノートを閉じると、それを高梨の引き出しに放り込んだ。

「どないしたん?　真っ青やで?」

綺麗にメイクをし終えた美緒が、心配そうに眉を顰め、そう問いかけてくる。

「あ……」

田宮は答えようとした。が、声が掠れて音にならない。

「大丈夫か?　具合、悪いんちゃう?」

歩み寄ってくる美緒の目が、ノートに向かないようにしなくては。今、田宮の頭にあるのはただ一つ、その考えのみだった。

「大丈夫です。ちょっと貧血かも……」

顔色が悪いというのなら、『貧血』といえば誤魔化《ごまか》せるだろう。ほとんど働かない頭で田宮はそう考えると、

「貧血？　大丈夫か？」

と、ますます心配そうになった美緒に向かい、無理に作った笑顔を向けた。

「大丈夫です。少し休めば治ります」

「少し言わんと、ゆっくり休んでてええよ。保険証は、良平にしまい場所聞いてからまた、取りにくるんでええと思うし」

大丈夫か、と尚も心配してくれる美緒の気遣いを申し訳なく思いながらも、今は一人になりたいという思いを堪えることができず、田宮は美緒に、先に病院に戻っていてもらえないか、と頼んだ。

「わかったわ。今日は私、夜通し病院にいられるさかい、無理せんでええよ」

これが荷物やな、と美緒は田宮が高梨の下着などを詰めたボストンバッグを持つと、見送りに出ようとした田宮に、

「寝ときや」

と言葉を残し、一人、官舎を出ていった。

「……すみません……本当に……」

バタン、と玄関のドアが閉まる音がする。その音を聞いたとき、田宮の胸には美緒を騙《だま》すことになった罪悪感が込み上げ、口からは謝罪の言葉が漏れていた。

よろよろと玄関へと向かい、鍵をかけてからまた、高梨の書斎に引き返す。美緒が鍵を壊した引き出しはまだ、床の上にあった。田宮は床に座り込むと、引き出しの中に手を伸ばし、そこから古びたノートを——亡くなった兄の日記を取り出し、最初から読み始めた。

田宮には血の繋《つな》がったきょうだいはいない。が、親の再婚により、新しく母となった女性《ひと》には息子が二人いたために、兄と弟ができたのだった。

田宮の父が病死したあとも、田宮は血の繋がらない母と、そして兄弟と共に仲睦《なかむつ》まじく暮らしていた。が、一歳年上の兄が自殺してから、田宮は母になぜだか絶縁され、付き合いも途絶えたのだった。

その後、弟、俊美《としみ》が巻き込まれた事件をきっかけに、母とは復縁することができた。今は時々電話をし合う仲にもなった。

とはいえ、なぜ母が自分と縁を切りたがったのか、その理由を確かめることはできないでいた。

兄の和美は二浪をし、田宮は現役で希望した大学に入学できた。兄が遺書を残していなかったためと、亡くなったのが受験シーズン直前だったため、それが自殺の原因ではないかといわれることが多かったのだが、そのせいではないか、と田宮はぼんやりとそう認識していた。

だが——違ったのだ。

兄が子供の頃からまめに日記をつけていることは、田宮もよく知っていた。『どんなことを書いてるの?』と聞いたことがあるが、そのとき兄は、日記といっても、その日あった出来事を書くくらいだ、と少し恥ずかしそうに笑っていた。

確かに、ノートの最初のほうには、その日あったと思われる出来事が簡単に書いてあるだけだった。が、端正なその文字が乱れ始めるのと同時に日記に登場し始めた自分の名前が、その内容が、田宮を打ちのめしていた。

『僕は血の繋がらない弟を愛している』

『吾郎は純粋に僕のことを兄として慕ってくれているというのに、その彼を僕は肉欲の対象として見てしまっている』

『許されることではない。世間からは勿論、僕自身、決して許せないことだと認識している』

『それでも愛する気持ちを止めることはできない。どうしたらいいのか』

『目の前にいると抱き締めたくなる。愛している、と告げそうになる。告げたらすべては終わる。それでも毎晩、彼の夢を見る』

『こんな穢《けが》れた思いを抱いている自分はもう、死ぬしかない』

兄らしくない、雑な文字で書き殴られた言葉の一つ一つが田宮の胸に刺さった。

最後のページはただ一言、『愛している』という文字が繰り返し繰り返し、それこそノート一面に書かれていて、紙面から迫ってくるその文字の叫びに耐えられず、田宮はノートを閉じ、それを膝の上から落とした。

「……ああ……」

両手に顔を埋める彼の口から、まるで老人のようなしわがれた声が漏れる。

高梨がなぜ、兄の日記を持っているのか、その理由はわからなかった。が、田宮には確実にわかり得たことがあった。

母はこの日記を見たのだ。

『あなたのせいよう……っ』

兄の亡骸《なきがら》の前で泣き崩れていた母の姿が、田宮の脳裏にまざまざと蘇っていた。

この日記を読んだからこそ母は自分を許せないと思ったのだ。確かに許せまい。田宮の手はまた、兄の日記に伸びかけたが、震える指先がそれに届くことはなかった。

兄が——和美が自分を愛していた。弟としてではなく、恋愛の対象として。

『肉欲を伴う愛情』という言葉が繰り返し書かれていたが、兄がそういう目で自分を見ていたことに、今まで少しも気づかなかった、と田宮はまたも、ああ、と低く呻《うめ》き、首を横に振

った。

気づかなかった。兄は死ぬほど悩んでいたというのに、なぜ自分は少しも気づいてやれなかったのだろう。

兄に対し、何も考えることなく、へらへらと、呑気《のんき》に接してきた自分の姿が記憶の中から蘇ってくる。

亡くなる前に帰郷した際、兄に元気がないことはわかっていた。なぜそこで兄の悩みを聞き出そうとしなかったのか。そのとき、兄の気持ちを聞いていればもしや、兄は死なずにすんだかもしれないのだ。

「……聞いたところで……」

田宮の口から、ぽつりとその言葉が漏れる。

もしも兄の思いに気づいたとして、自分に何ができただろう。受け入れることはできたか。兄は自分にとって兄でしかない。その兄に『抱かせてくれ』と言われたら、自分はそれを受け入れただろうか。

受け入れなかったらやはり兄は死を選んだだろうか——ぼんやりとそう考えていた田宮は、そんな自分が許せず、激しく首を横に振った。

思いを受け入れたかどうかが問題ではない。兄の苦悩に気づかなかったことが問題なのだ。

気づかなかったのは、死を選ぶほどに悩んでいた兄についてだけではない。この日記を読んで、酷く苦しんだに違いない母の心情にもまるで気づいていなかった。

母を恨んだことはなかった。が、心のどこかで自分を被害者だと思ってはいなかったか。そんなことはない、と断言できないことに、田宮はまたも頭を抱え、深い溜め息を漏らした。どうしよう——頭の中でぐるぐると、兄の顔やら母の顔やら、弟の顔やらが次々巡り、何も考えられなかった。

兄の自殺の原因は、やはり自分にあったのだ。その考えが頭に浮かぶたびに田宮は両手に顔を埋め、やりきれなさから、ああ、と呻き、激しく首を横に振った。

高梨がこのノートを持っているということは、彼もまた、ノートに書かれた内容を知っているということだろう。

高梨にノートを渡したのは誰か、と考えると、弟の俊美しか考えられない。ということは俊美もまた、ノートの内容を知っていたのか。

知らなかったのは自分だけだった。皆が皆、わかっているのに自分に気を遣い、口を閉ざしていてくれたのかと思うと、もう、申し訳なくて申し訳なくて、叫び出しそうな気持ちに田宮は陥っていた。

高梨が田宮の母に対し『恋人』と名乗らなかった理由も、二人の関係を告げるのはもう少し先にしよう、と言っていたその理由も、このノートにあった。

同性である自分への愛情に苦悩し、兄は亡くなっている。なのに自分もまた同性と愛し合っていると知ったときの母の気持ちを高梨は慮ってくれたのだ。

自分だけが。自分だけが何も知らず、呑気に毎日生きてきた。それが本当に許せない。またも田宮は両手に顔を埋め、ああ、と大きな声を上げていた。

自分だけが何も背負ってなかった。誰より背負わなければならない立場であるのに。高梨の、母の、弟の優しさにどっぷりと浸かり、のほほんと生きてきたことが、情けない、という以上に、あり得ない、としか思えなかった。

「……どうしよう……」

ぽつりとその言葉が、田宮の口から漏れる。

高梨に謝りたい。俊美にも、そして母にも謝りたいが、今、謝罪することが果たして二人の心を癒《いや》すことに繋がるかとなると、否、という答えしか浮かばなかった。

謝りたいというのは単に、自分の心を軽くするだけという、いわば自己満足に他ならない。母と弟に、兄の死について掘り起こすことは、苦しみに繋がりこそすれ、気が晴れるような結果にはならないだろう。

高梨に対して謝罪をするには、彼が思いやりから隠してくれていたノートを見てしまったと、告白する必要がある。

引き出しを開けたのは美緒ではあるが、それは自分がノートを見た理由にはならないことは、田宮にもよくわかっていた。

誰にとっても、自分が兄の日記を読んでいないふりを続けることが、好ましいに違いない。だが果たして本当にそうなのか。単に自分の都合のいいように、そう思い込もうとしているだけではないのか。

一体自分はこれから、どうしたらいいのだろう。

「…………」

はあ、とまたも深い溜め息が田宮の口から漏れる。視界の先には引き出しに入れられた兄の日記があった。

再び開く勇気はない。が、脳裏にははっきり、兄の乱れた文字で書かれた言葉が刻み込まれている。

『愛している　愛している　愛している　愛している　愛している　愛している　愛している　愛している　愛している　愛している　愛している　愛している…………』

どうしよう。何度となく頭の中で繰り返した言葉をまた呟きながら、田宮は両手に顔を伏せた。

早く病院に戻らねばとは思うが、今、高梨と顔を合わせることを躊躇ってしまう。どういう顔をして会えばいいのか。一歩間違えれば死んでいたかもしれないという重傷を負っている高梨の気を煩わせることだけはしたくないが、彼の前で平静さを保つ自信が、田宮にはなかった。

どうしたらいいんだ――いつしか両手に顔を伏せたまま、激しく首を横に振っていた田宮の脳裏に、高梨の、ＩＣＵで別れ際に見せてくれた酸素マスク越しの笑顔が浮かぶ。

『愛してるで』

「……俺は……俺は……」

高梨に愛を注がれる資格が、果たして自分にはあるだろうか。

とても『ある』とは言えない。言えるわけがない。ぎゅっと閉じた田宮の目からは涙が溢れ、首を振るたびに床へと滴《したた》り落ちていく。

「ごめん……ごめん、良平……っ」

嗚咽と共に謝罪の言葉を繰り返す田宮の胸には罪悪感が溢れていたが、それは高梨の思いやりを踏みにじることになってしまったことに対してのみではない。自分の存在を許せないと心から悔いるところまで、今、田宮は自身を追い詰めてしまっていたのだった。

5

「富岡君、お待たせ」

待合室に戻ってきた美緒が一人であったため、疑問を覚えた富岡はすぐさま彼女に問いかけた。

「田宮さんは？」

「ごろちゃんな、貧血起こしてもうて」

美緒が心配そうな表情で答え、どさりとボストンバッグを待合室のソファに置き、自身も腰を下ろす。

「貧血？　田宮さん、大丈夫なんですか？」

富岡もまた心配になり問いかけたのだが、返ってきた美緒の答えには違和感を覚え、思わず眉を顰めてしまった。

「少し休んでから来る、言うとったで。先に行っといてほしいて。ゆっくり休んでええよ、言うたから、もしかしたら今夜は来んかもしれんけど」

「そう……ですか」

貧血を起こしたとはいえ、いつもの田宮であれば、美緒に荷物を託し、一人で行かせるようなことはしないのではないか。

　富岡の覚えた違和感はそこだった。

「ああ、そういや刑事さん、来たか？」

　富岡が訝しんでいることにはまるで気づかず、美緒が問いかけてくる。

「はい、いらっしゃいました。今、医師とバトルってます。一分でいいので高梨さんと面談したいと」

「一分で足りんのかいな」

　美緒が少しおどけて笑ってみせたあと、

「良平も話したいこと、あるやろうしな」

　自分で刑事を呼んでほしい、言うたくらいやし、と呟くと、よいしょ、と声を上げ、立ち上がった。

「どちらへ？」

「刑事さんの援護射撃、してくるわ」

　そう言い、疲れた素振りも見せずにＩＣＵへと向かっていく美緒の後ろ姿を、さすがだ、と感心しながら見ていた富岡だったが、やはり田宮のことが気になり、ロビーに電話をかけに行くことにした。

夜も更けているので、ロビーは既に無人だった。電話のかけられるところまで進み、田宮の携帯にかけてみるも、電源が入っていないために留守番電話サービスへと繋がってしまう。

「おかしいな……」

もし貧血で休んでいるのだとしても、電源くらいは入れておくのではないだろうか。高梨の容態は落ち着いていると医師から聞いたとはいえ、胸を刺されるという大怪我《おおけが》をしているのだ。急変を案じ、いつでも連絡が取れるようにしておくのでは、と思えて仕方がない。

何か田宮の身に起こったのではないか。案じながらも、長時間席を外すのは良くないかと思い、待合室に引き返した富岡だったが、待合室では憤る美緒を刑事と思《おぼ》しき若い男が宥《なだ》めている最中だった。

「ほんまに頭、固いなー。一般病棟に移ってからやなんて言うたら、犯人、逃げてまうんやないの？」

「落ち着いてください、お姉さん」

若い刑事の顔には、富岡も見覚えがあった。高梨の部下ではなかったか、と、富岡は二人に近づいていくと、

「どうしました？」

と問いかけた。

「富岡君、聞いてや。今夜はもう、家族でも良平と面談できん、言うんや」

「えっ？　まさか容態が悪化したとか……？」

心配しつつ問いかけた富岡に、美緒は、

「逆や」

と首を横に振った。

「逆？」

「せや。容態が悪化したら会わせるけど、もう面会時間は終わったさかい、明日にしてくれ、て。ほんま、融通きかん、思わへん？」

「仕方ないですよ。警視、大怪我したんですし」

ここで若い刑事がフォローに回る。

「せやかて良平を刺した犯人、少しも早う、逮捕したいやないの」

それでも不満を述べる美緒を持て余している様子の刑事に、富岡は同情しつつ、軽く会釈をした。

「ああ、富岡さん。お疲れ様です」

救いの主が現れたといわんばかりに、刑事が素早いリアクションを見せる。

「え？」

自分の名前を知っているのか、と驚いた富岡に対し、若い刑事は一瞬、しまったというような顔になったあと、すぐに表情を引き締め、ポケットから警察手帳を取り出し示してみせた。

「失礼しました。捜査一課の竹中です」

「あ、どうも。田宮さんの同僚の富岡です」

今更の自己紹介のあと、富岡は、教えてくれるかどうかは半々だなと思いつつ、竹中に問うてみた。

「もしや犯人の目星、ついてるんですか？」

だからこそ、美緒を宥める余裕があるのでは、と尋ねた富岡に対し、竹中は、

「さすが、鋭いですね」

と目を見開くと、意外にもすらすらと情報を与えてくれた。

「警視本人の確認待ちではありますが、十中八九、特定はできています。逮捕も時間の問題かと」

「なんや、そうなん？　それならそうと、はよ言ってや」

美緒が不満であることを隠そうともせずそう言い、じろ、と竹中を睨む。

「す、すみません」

竹中はすっかり美緒に恐れを成しているらしく、びくびくしながら謝っていた。彼の前で美緒は、医師相手にさぞ凄んでみせたのだろうと想像できるだけに富岡は笑いそうになりつつも、その目星がついているという犯人像が気になり、竹中に問いかけた。

「犯人はもしや、高梨さんに対して、恨みを持つ人間ですか？」

「いや、それはちょっと……」

竹中が答えを渋る。まあ、渋るだろうなと、富岡は苦笑し、問いを引っ込めようとしたのだが、美緒は納得できなかったらしく、尚も厳しい目で竹中を睨んだ。

「なんで言われへんの？　捜査上の秘密、言うんやったら私も富岡君も、口、固いで」

「いや、その、勿論お二人のことは信頼していますが、それ以前の問題として……」

「ええやないの。刺されたのは私の弟なんやで。逆恨みされて刺されたんか、それとも違うんか、くらいは教えてくれてもええんやないの？」

「いや、その……」

ぐいぐいと迫っていく美緒の問いを押し退けることはもう、竹中はできなくなりつつあった。助け船を出そうかとも思ったが、富岡もまた犯人像が気になっていたため、竹中がちらちらと救いを求める眼差《まなざ》しを向けてくるのには気づかぬふりを決め込んだ。

「良平が逮捕した犯人が逆恨みした。ちゃうか？」

美緒が当てにいく。

「いや、その、そういうわけでは……」

竹中は美緒の強引な押しについにギブアップし、ぽろりと漏らしてしまった。

「警視に恨みを持っている相手ではないです。感謝こそしていましたが……」

「感謝？　ならなんで良平を刺したん？」

美緒が眉を顰め、問いかける。が、これ以上喋れば美緒以上に恐ろしい上司に怒られるとでも思ったのか、

「それでは我々は病院入り口で警護をしてますんで」

お邪魔でしょうから、などと、言い訳としか思えない言葉を口にしつつ、竹中はそそくさと待合室を出ていってしまった。

「なんや、使えへんなあ」

美緒がやれやれ、というように溜め息をつき、なあ、と富岡に同意を求めてくる。

「…………」

仕方ないと思うだけに富岡は苦笑しただけで敢《あ》えてコメントを避けると、話題を自分が最も気になることへと戻すことにした。

「田宮さん、遅いですね」

「まだ休んどるんやないかな。ショックだった、思うわ。私も勿論ショックやったけど、それ以上に……な」

途端にしんみりした口調になった美緒はしみじみそう言うと、にこ、と富岡に笑いかけた。

「ゆっくり休ませてあげたいわ。幸い、良平の容態も落ち着いとるようやし」

「美緒さんも家で休まれたらどうですか？　僕、田宮さんが来るまで待機しますよ」

美緒もまた、疲れているのでは、と富岡は配慮しそう告げたのだが、あっさり、

「大丈夫や」

と好意を退けられてしまった。

「何かあったら……って、縁起でもないですけど、すぐ連絡入れますから」

お疲れでしょう、と富岡は尚も美緒に帰宅を勧めたが、美緒は「大丈夫やて」と笑顔で首を横に振り、決して帰ろうとしなかった。

「あ、もしかして美緒さん、僕のこと、疑ってます？　弱ってる田宮さんにつけ入ろうとしてるとか」

だから帰らないのか、と半分冗談で問いかけた富岡だったが、

「せや」

と美緒に頷かれ、つい、

「マジで？」

と大きな声を上げてしまった。ちょうど通りかかった看護師が、じろ、と二人を睨みつつ去っていく。

二人して肩を竦《すく》め合ったあと、富岡は、やれやれ、と溜め息をつき、美緒を軽く睨んだ。

「さすがにそこまで非道じゃないですよ、僕は」

「うそうそ。本気ちゃうわ」

少しむっとしたのがわかったのか、美緒はフォローを入れてきたが、逆にそれが彼女が『本気』であった証明になる、と富岡は心の中で苦笑し、その心配は皆無であることをわからせるべく、口を開いた。

「第一、僕、もう『横恋慕』はやめたんです」

「え？」

またも美緒が大きな声を上げてしまい、慌てた様子で口を押さえる。

「うそやろ？」

「ほんまです」

嘘くさい関西弁を使ったせいか、美緒は富岡の言葉を信じようとしなかった。

「うそや。今日かて、ごろちゃんに付き添ってココまで来てくれたやないの」

今かておるし、と眉を顰める美緒に富岡が、違うのだ、と首を横に振る。

「恋愛感情じゃなく、これからは友情を育てていこうと決めたんですよ。友達が危機に陥ったら、支えてあげたいと思うものでしょう？」

「そやし、信じられんわ。あんだけ情熱的やったのに？」

美緒はまだ疑いを抱いているようである。彼女がそうも疑問を抱く、その理由をこのとき富岡は知らなかったため、ただ、頑固だな、と思っただけだったのだが、それでも気を悪くするまでには至らなかったので、自分の気持ちを丁寧に説明することにした。

「いつまでも片想いをしていることが、田宮さんにとって負担になるんじゃないかと、そう思うようになったんですよ」

「えー、今更？　ちょっと遅いんちゃう？」

遠慮というものを知らないのか、美緒がズバズバ斬り込んでくる。

「確かに今更感はありますが」

それを言われると弱い、と首を竦める富岡に、美緒が問いを重ねる。

「もう好きやなくなった、ってことなん？」

「うーん、好きは好きですが、愛情じゃなくて友情にシフトチェンジしていこうとしてるんです」

「できるもんなん？　愛情と友情は別物やないの？」

「別物です。でも、やろうと思ったんですよ」

「なんで？」

「田宮さんのため……かなあ」

「ごろちゃんのため？　他に好きな人ができた、いうんやなくて？」

問いを重ねる美緒の顔が、次第に厳しくなっていくのを、不思議に思いながらも富岡は答え続けた。

「今のところ、それはないです。好きな人ができた、というのがベストなんでしょうけど」

「ベストて？　自分にとって？　ああ、ちゃうね。ごろちゃんにとってやね」

美緒は一人納得した声を上げると、うーん、と考え込んでしまった。

「わからん。やっぱりわからへんわ」

暫く一人で考えていた美緒が、溜め息交じりにそう言ったが、それは自分に対してというより、独り言のように富岡には聞こえた。

「自分でも不思議なんですよね。田宮さんにとっては、僕の片想いは最初から迷惑以外の何物でもなかった。それはずっと前から自覚していたのに、なぜ、今、それを気にするのかって。でも、理由はないんですよ。これ以上はやめようと、自分で自分の気持ちに終止符打ったんです。田宮さんには高梨さんがいるんだし、望みはないってわかりきっていたんだから、もっと早くに諦《あきら》めをつけてもよかったはずなんですがね」

納得できかねるというのなら、納得してくれなくても別にかまわない。そう思っていたはずの富岡だったが、考え込んでしまった美緒が気になり、つい、自身の心情を説明してしまっていた。

「……なるほどなぁ……」

美緒はまた独り言のように呟いたあと、不意に顔を上げ、富岡を真っ直ぐに見据えた。

「そしたらまだ、未練たらたら、いうわけやね」

「まあ、そうですが、気持ちの整理はついてますよ」

どうやら美緒は何がなんでも、自分には田宮を好きでい続けてほしいと願っているようである。なぜなのか、それが気になり富岡は、今度は彼のほうから美緒に問いかけてみた。

「美緒さん、どうして僕の気持ちの整理がついたことを喜ばないんです？　そこまで信用ないですかね？」

「ああ、かんにん。富岡君がどうこう、いうんやないんよ」

美緒が我に返った顔になり、慌てた口調で喋り出す。

「人の気持ちいうんは、そう簡単には変わらへんもんなんやて、思い込みたいだけなんやろな。多分」

「……え？」

意味がわからない。首を傾げた富岡に美緒が、

「良平やごろちゃんから何も聞いてへん？」

と問いかける。

「何をです？」

心当たりがなく問い返した富岡は、返ってきた美緒の答えにまた、大きな声を上げそうになった。

「私な、離婚することにしてん」

「えっ」

驚く富岡に美緒は、

「実はな」

と赤裸々に自分の離婚問題について語り始めた。

「原因は旦那の浮気や。会社の部下に手を出したんよ。まあ、出したんか出されたんかは知らんけどな。浮気相手は二十五歳なんやけど、旦那が子供は堕《お》ろさせる、言ったんを聞いて、もう、あかん、思うたわ」

「……そう……だったんですか……」

人の気持ちというものは、そうそう変わるものではない――『人』というのは彼女の夫の気持ちを想定していたのではないか。富岡の頭にその考えが浮かんだが、確認を取ることもないかとすぐさまその思考を手放した。

「愛情が冷める、いうんはなんとなくわかるんや。情熱がなくなる、いうんかな。そういう感覚は自分にもあるからな。でも、愛情がなくなる、いうことはあるんやろうか。今、相手に対する愛情はなくなりました。新しく別の相手に愛情が生まれました――世の中、そういうパターンが多いんかなあ」

わからんわ、とゆるゆると首を横に振っていた美緒に対し、どんな言葉をかけていいものか、正直富岡には思いつかなかった。

自分の田宮への思いは別に『愛情』が冷めたわけではない。『友情』に変じただけである。

正確に言えば『変じさせようとしている』状態で、まだ完全に移行できているわけでもなかった。

一度抱いた愛情というものは、なかなか消え失《う》せないものなのではないか。そうは思うが、夫の浮気を理由に離婚しようとしている彼女に対し、思ったままを告げることが逆に、いらぬ思いやりを発揮していると誤解されかねないことを富岡は恐れた。

家族がある意味崩壊するのだ。失恋した人間を慰めるのとはレベルが違う。家庭というものを未だ持っていない自分には荷が勝ちすぎている、と富岡は美緒に求められるまで、言葉を発するのはやめようと心に決めた。

「……なんや、悪いな。変な話、聞かせてもうて」

黙り込んだ富岡の心中を察したのか。美緒がバツの悪そうな顔になり、肩を竦める。

「いえ、逆に、僕なんかが聞いてしまってすみません」

プライバシー中のプライバシーなのに、と富岡が詫びると美緒は、

「私が好きで話したんやから」

と噴き出し、ぽん、と富岡の背を叩いた。

「ほんまあんた、ええ子やね。良平も危機感、覚えとったんとちゃう？　ライバルがあんたみたいな子で」

「いやあ、それはないでしょう」

今度は富岡が噴き出す番だった。

「そやろか」

「ええ。あの二人はラブラブじゃないですか。僕なんて眼中になかったと思いますよ」

「まあ、確かにラブラブやけどな」

美緒は笑顔で同意したあと、ふと、寂《さび》しげな顔になりぽつりと呟いた。

「あそこは大丈夫やろ。何年経とうが」

「……美緒さん、もしかしてまだご主人のこと、愛してるんじゃないですか？」

その様子から富岡は、余計なお世話と思いつつ、そう問いかけてしまった。

「いやあ、もう、さすがに冷めた。やせ我慢やないよ。さすがにもう、堪忍袋の緒が切れたわ」

あはは、と美緒は明るく笑ったが、その目は寂しげなままだった。

「今、別れな、きっと恨んでまうから。幸い高給取りやからな。養育費はがっぽりもらおう、思うとるわ」

「すみません、変なこと聞いて」

自分の問いが美緒の心の傷を広げたのではと案じ、詫びた富岡に対し、彼女は、

「気にせんでええよ」

と尚も明るく笑うと、聞かれるより前に、ぽつぽつと今後のことを話し始めた。

「離婚したら、大阪に戻ろう、思うとるわ。実家にまたやっかいになるつもりや。兄の会社で働かせてもらおう思うてな。慰謝料がっぽり貰《もら》うつもりやけど、さすがに毎日ぶらぶらしとるわけにもいかんしな」

「お兄さんがいらっしゃるんですね」

どういう家族構成なのかと問うた富岡に美緒は、

「あら、知らんかった？」

と少し驚いてみせたあとに詳しく教えてくれた。

「男二人に女二人のきょうだいで良平は年の離れた末っ子や。実家は小さな会社、経営しとって、今は長男が社長をやってるんや。良平は優しい子やけど、兄貴はドライ、いうかなんていうか、まあ、ええところを全部、良平に持っていかれた、いう感じかなあ」

「厳しいですね、お兄さんへの評価が」

というより、良平をベタ誉《ぼ》めしているだけか、と口を挟んだ富岡に、

「会えばわかるわ。ほんま、ちっさい男なんよ」

と美緒は顔を顰《しか》めてみせたあと、

「せやけど」

と言葉を続けた。

「なんやかんやいっても、家族やからな。離婚して困ってる妹を雇う、くらいのことはして

くれるやろ。経営が厳しいだのなんだの、さんざん嫌みは言われそうやけどな」

ぺろ、と舌を出した美緒の、離婚の決意は固いようだ。将来の生活設計をここまでしっかりしていることからもそれはわかる、と察した富岡は彼女を心から応援したいと思った。

「まずは離婚や。良平が退院したら、早速腕利きの弁護士さんを紹介してもらわな」

「僕の叔父《おじ》も弁護士です。まあ、高梨さんのお知り合いのほうが優秀でしょうが、一応叔父も離婚問題は得意としているようですので、よかったら紹介しますよ」

富岡がそう言うと美緒は、

「そら助かるわ」

と目を輝かせた。

「良平に頼んどるんやけど、企業専門かもしれん、言うとったし、何より本人が大怪我負ってもうて、それどころやなくなったやろうし、と、実は困ってたんよ。富岡君、よかったら本当に紹介してくれんやろか」

頼むわ、と美緒に頭を下げられた富岡は、勿論、と大きく首を縦に振った。

「わかりました。すぐ、叔父に連絡を入れます。身内の評価ですから差っ引いてくれてかまいませんが、なかなか優秀だと思いますよ」

「そら頼もしいわ」

美緒が心底安堵した顔になったあと、改めて富岡に深く頭を下げて寄越す。

「お手数おかけし、申し訳ないけど、どうぞ宜《よろ》しくお願いします」

「お安いご用です。それに、礼を言うのは早すぎますよ。がっぽり慰謝料取れてからでいいですから」

美緒のために役に立てることが嬉しい。よく考えればかかわりのごく薄い相手ではあるのだが、美緒の人間的魅力とでもいうのか、彼女のために何かをしたいと思っていただけに、実際力になれるのは嬉しかった。

「ほんまになあ。あんたが好きになったんがごろちゃんやなかったら、めちゃめちゃ応援するのになあ」

美緒が心底残念そうにそう言い、溜め息を漏らす。

「だからもう、田宮さんへの気持ちは友情に変わったんですって」

「ああ、せやったな。でもほんまにええの？　まだ未練、あるんちゃう？」

「弟の恋敵を煽ってどうするんですか」

「言われてみたらそのとおりやわ」

あはは、と美緒が楽しげに笑い、それを見て富岡もまた苦笑する。

自身の離婚問題に加え、可愛い弟が刺されるという異常事態に遭遇し、身も心も疲れ果てているはずの美緒が笑っている。少しは彼女の気持ちを晴らす手助けができているのだろうか。できているとしたら、嬉しいのだが。

じんわりと胸の中が暖かくなる、そんな思いを抱いていた富岡の頭の片隅には、依然として未だに姿を現さない田宮の存在があった。

体調が余程悪いのか。それも心配だが、携帯が繋がらないこともまた、心配の要因の一つである。

会話が途切れたらもう一度かけてみよう、と思っていた富岡だったが、それからも美緒は喋り続け、結局彼もまた待合室で夜を明かすことになったのだった。

6

翌朝、高梨《たかなし》はICUから一般病棟に移ることとなったが、そのときにもまだ田宮《たみや》は病院に姿を現さなかった。

「……会社、行ったんかなあ」

心配しつつも美緒《みお》は、その可能性にしがみつこうとしていたのだが、それはあり得ない、と富岡《とみおか》は密《ひそ》かに思い、心配を募らせていた。

「富岡君も会社やろ？　悪いな、結局一晩、付き合わせてもうて」

喋《しゃべ》りすぎてすっかり声が嗄《か》れていた美緒に詫《わ》びられ、富岡はとんでもない、と目を見開いた。

「悪いことなんてありません。美緒さん、一人で大丈夫ですか？　なんなら僕も残りますが」

田宮が来るまでは、と続けようとした富岡に美緒が、

「ええよ」

と笑顔で首を横に振った。

「そこまで甘えるわけにはいかんし、それに、ごろちゃんのことも気になるしな。出社して

ればええんやけど……」

心配そうな顔でそう言う美緒も同じく田宮を案じていることがわかり、富岡は、彼女の、そして自分の懸案を片付けるべく、行動を起こすことにした。

「そしたら、これから高梨さんの官舎に寄って、田宮さんがまだいるようなら一緒に出社します。ともかく、田宮さんの所在がわかったら美緒さんに連絡入れますので」

携帯の番号を教えてください、と互いに番号を交換し終えると、富岡は、

「それじゃあ、また来ます」

と美緒に頭を下げ、彼女の「おおきに」という声を背に待合室をあとにした。

すぐさま、通い慣れたと言ってもいいくらいの頻度で訪れていた高梨の官舎を目指す。

タクシーで官舎を訪れた富岡は、インターホンを鳴らし、田宮が出てくるのを待った。

「……あれ……」

だが、待てど暮らせど、田宮が応対に出る気配はない。

もしや本当に出社したのだろうか。あり得ないとしか思えないのだが、と、富岡は玄関近くにある電気やガス、それに水道のメーターを見やったが、ほぼ動いていないところをみると、寝ているか、それとも出かけているかのどちらかのようだった。

まさか倒れているのでは、という予感がし、しつこくインターホンを鳴らすも、中からはコトリという音もしない。

気になり、もう一度田宮の携帯にかけてみたが、今回も電源が入っていないというアナウンスが流れるだけだった。充電が切れたのだろうか。家の中にいるのであれば鳴りっぱなしになるようなものだが、と富岡は首を傾《かし》げ、なんとか家の中に入る手立てはないかと考えた。

ここが普通のマンションだったら、管理人に事情を話してドアを開けてもらえばいいのだろうが、官舎となるとそれができるのかがわからない。一番手っ取り早いのは、病院に引き返し、高梨から鍵《かぎ》を預かることだろうが、手術後間もない、しかも生死の境を彷徨《さまよ》ったばかりの彼に、心配をかけることになるのではと思うと、それも躊躇《ためら》われた。

百万が一の可能性を考え、富岡は会社に電話を入れてみた。始業まであと二十分ほどのその時間、出社していた事務職に、田宮は来ているかと聞いてみたのだが、出社もしていないし、なんの連絡も入っていないようだという答えが返ってきて、富岡を失望させた。

応対に出てくれた事務職に富岡は、フレックスで十一時に出社することを伝え、電話を切ると、一応課長にもその旨メールをし、さてどうしたものか、と自分のスマートフォンを見やった。

強行突破、という考えが頭に浮かんだが、警察官の官舎に押し入る勇気はない。もう、これしかないか、と、富岡は頼みの綱となる人物の番号を呼び出すと、頼むから出てくれ、という願いを込め電話をかけた。

『もしもし?』

ワンコールもしないうちに応対に出てくれた相手に、ほっと安堵《あんど》の息を吐きつつ富岡が呼びかける。

「納《おさめ》さん、今、いいですか？」

富岡が電話をかけた相手は、新宿西署の刑事、納だった。高梨の親友でもある彼と富岡は、事件絡みで知り合い、今や時折飲みに行くような仲なのである。

『あまり『いい』とはいえないんだが、なんだ？　急用なんだよな？』

早口で問うてきた納が、ここではっとした声を出す。

『もしや高梨絡みか？』

見た目、熊のような愛嬌《あいきょう》のある顔をしている納だが、刑事としてはかなり優秀であることを、富岡はよく知っていた。

さすが、冴《さ》えているなと感心した富岡は、それなら話が早い、と電話に向かい話し始めた。

「高梨さんじゃなくて田宮さんなんです。もしかしたら今、官舎の中で倒れているかもしれないんですが、納さん、なんとかなりませんか？」

『えっ！　ごろちゃんがっ？』

電話の向こうの納の声のトーンがいきなり上がる。彼もまた、田宮シンパであることに、富岡は当然気づいており、それでこの人選となったのだが、納のフットワークは富岡の予想以上に軽かった。

『すぐ行く』

そう言ったかと思うと、富岡が答えるより前に電話は切れ、『すぐ』という言葉どおり、十五分後には納を乗せたタクシーが高梨の官舎前に到着した。

「納さん」

「おう。こっちだ」

挨拶《あいさつ》もそこそこに納は管理人室へと向かうと、警察手帳を見せ、高梨が入院中であることと、同居人が中で倒れているかもしれないことを伝え、マスターキーをあっという間に持ってこさせた。

「一応、立ち会っていいですかね」

「勿論《もちろん》です。さあ、行きましょう」

納が先に立ち、そのあとに管理人と富岡が続く。

「高梨さん、入院って、ご病気かなんかですか？」

「いや、怪我《けが》です」

管理人の問いに、納は短く答えただけだったが、それだけで管理人は事件絡みであることを察したようで、それ以上の問いをしかけてくることはなかった。

高梨の部屋に到着すると、管理人は一応、インターホンを押し、反応を待った。

「いませんね」

いいながら管理人が鍵穴に鍵を差す。

「チェーンはかかってませんね。留守なんじゃないですか?」

扉を開きながら管理人がそう言い、二人を振り返る。

「昨夜から連絡がとれないんです」

富岡がそう言うと管理人は、

「おかしいですね」

と首を傾げつつも、ドアを大きく開き、二人に、

「どうぞ」

と入るよう促した。

「お邪魔します」

勝手知ったる、と富岡はすぐに靴を脱ぎ上がり込むと、順番に部屋を巡っていった。

「田宮さん、いますか?」

声をかけ、ドアをノックしてから扉を開ける。玄関から一番近いところにあるのは寝室で、中を覗《のぞ》いた富岡は、キングサイズのベッドが一つしかないことにすぐ気づき、ドアを締めた。

「いませんね」

管理人と納を振り返ってそう告げ、次の部屋を目指す。

そこは書斎のようで、一見綺麗《きれい》に片付いていた。が、デスクの引き出しが少し浮いている

ようになっているのが気になり、富岡は室内に足を踏み入れた。

「いませんね」

ドアのところから室内を覗き込んだ管理人がそう告げる。

「ドラえもんじゃないんだから、引き出しの中にはいないだろ」

富岡がデスクの引き出しに手をかけたのを見て、納がそう注意を促してきた。プライバシーの侵害だろうと言いたげな納を富岡は振り返ると、引き出しを指で示してみせた。

「なぜ少し空いているのかが気になったんですよ。鍵、壊れているみたいですね」

「もともとなんじゃないか？」

納はすぐにも次の部屋に向かいたそうだった。が、富岡はどうにもこの、鍵の壊れ具合が気になって仕方がなかった。

「先、行くぞ」

なので納がそう言い、立ち去ったあとに富岡はこっそり引き出しを開けてみた。が、中には数点の文房具と古びたノートが一冊入っているだけで、勘が外れたか、と富岡は首を竦《すく》め、部屋を出てリビングへと向かった。

「いないぜ。リビングにもキッチンにも」

リビングでは納が待ち受けていて、富岡が足を踏み入れた途端にそう言い、肩を竦めてみせた。

「そういや玄関に靴もなかったし、出かけてるんじゃないか？」

訝《いぶか》しげにそう告げた納の後ろでは、管理人がそうだそうだというように頷《うなず》いている。

「出かけてるってどこへです？　こんなときですよ」

富岡の言葉に納もまた「そうだよな」と首を傾げたのだが、管理人に、

「あの、もういいでしょうか」

と声をかけられたのをきっかけに、皆、部屋をあとにすることになった。

「申し訳ありませんでした」

納が玄関のドアを施錠する管理人に頭を下げる。

「いや、その……」

管理人は少し迷う素振りをしたあと、納に対し、

「高梨警視にお大事にとお伝えください」

と頭を下げ、その場を去っていった。

「俺たちも行くか」

納に声をかけられた富岡は、

「ちょっと待ってください」

と自身の携帯を取り出すと、会社へと再びかけてみた。

『雅巳《まさみ》、どうした！』

応対に出たのはアランで、面倒くさいな、と富岡はすぐに事務職に電話をかわるよう頼んだのだが、アランが言うことを聞くはずもなかった。

『いきなりフレックスをとるなんて、僕は何も聞いていないよ。吾郎《ごろう》も来ていないし、もしや二人でどこかに行っているのか？』

水くさいじゃないか、とくどくど続けるアランに辟易《へきえき》としつつも富岡は、知りたい情報を彼が喋ってくれた、とその確認を取ることにした。

「田宮さんは来てないんだな？　連絡はあったか？」

『え？』

アランが訝しげな声を出す。

『吾郎が休むという連絡は君が昨日入れたと聞いたよ』

「その後、連絡はなかったってことだよな。わかった」

それがわかれば用はない、と富岡はアランの返事を待たずに電話を切る。すぐさま折り返しアランから電話がかかってきたのをブチッと切ると、携帯の電源を落とし、その様子を見ていた納を振り返った。

「病院、行きましょう。やはり心配だ」

「ごろちゃん……じゃない。田宮さんが病院にいると？」

「『ごろちゃん』でいいですよ。高梨さん的にはオッケーか、知りませんが」

富岡は苦笑してみせたあと、すぐさま表情を引き締め、「いや、俺はそんなつもりじゃ」とあわあわし始めた納に頷いてみせた。

「いれば問題ないんです。いないと問題ですが」

「……会社にも行ってないとなると、まあ、そうだな」

納もまた表情を引き締める。

二人とも、田宮の真面目《まじめ》、かつ健気な性格をよくわかっているだけに、高梨が瀕死《ひんし》の重傷を負ったこのようなときに行き先を告げずに姿を消すとはどうにも思えなかった。

だからこそ、官舎の中で倒れているのではと思ったわけだし、と納を見る富岡に、納もまた頷く。

「病院に行こう」

「はい」

タクシーをつかまえるべく、通りに向かって駆け出した二人の胸にはそのとき、いやな予感としかいいようのないもやもやとした思いが渦巻いていた。

「あれ、納さん」

病院のロビーで納は、高梨の部下、竹中《たけなか》に早速声をかけられた。

「見舞いですか？　さっき一般病棟に移ったんですよ」

笑顔で話しかけてくる竹中に納が、

「ごろちゃ……田宮さん、来てるか？」

と問いかける。

「ごろちゃんですか？　いや、姿、見てませんね」

竹中が首を傾げるのに納は「そうか」と頷くと、高梨の病室を尋ねた。

「外科病棟の六〇五号室です」

個室です、という声に送られ、納と富岡は高梨の病室へと向かった。

「何も言うなよ」

ドアの前に立ち、ノックをする直前、納は富岡を振り返ってそう告げた。高梨の容態を見てからにしよう、という意図であることがわかっていた富岡は、敢《あ》えて注意を促してきた納に対し、

「納さんこそ、顔に出さないようにしてくださいよ」

と苦笑しつつ頷いてみせた。

納は何かを言いかけたが、反論するのも大人《おとな》げないと思ったらしく、わかっているというように頷くと、やにわにドアを叩《たた》いた。

答えたのは美緒だった。関西弁のニュアンスを滲《にじ》ませ、

「はい？」

関西弁のニュアンスを滲《にじ》ませ、答えたのは美緒だった。

「失礼します」

納は声をかけ、ドアを開いた。彼に続き富岡も病室内に足を踏み入れた。

「あら、良平《りょうへい》の知り合いの刑事さん？　え？　富岡君も？　どないしたん？　会社に行ったんやなかったの？」

喋りかけてくる美緒は、殆《ほとん》ど寝ていないとは思えないほど顔色もよく、元気に見えた。その原因はおそらく、と富岡は彼女の傍らのベッドを見やる。部屋の中央に置かれたベッドの上、傾斜をつけた面に上体を預けてはいたものの、すっかり顔色もよくなり、酸素マスクも外して笑顔を向けてきた高梨の容態に、美緒の元気の理由があるのだろう、と考えていた富岡の横で、納が興奮した様子で声を上げた。

「高梨、お前、大丈夫なのかよ」

「あんな、大丈夫なわけないやないの。刺されたんやで」

答えたのは高梨ではなく、美緒だった。むっとしたのではなく、ふざけているのは顔が笑っていることからわかる。

「ああ、すみません」

「姉貴、サメちゃんを苛《いじ》めんといてや。姉貴と違うて繊細なんや」

高梨が笑って答える。思いの外元気な声を聞いた瞬間、富岡の胸に迫るものがあり、気づけば顔を伏せ、嗚咽《おえつ》の声を漏らしてしまっていた。

「富岡君、どないした？」

「富岡君？」

手で咄嗟《とっさ》に隠したものの、目からは堪《こら》えきれない涙が溢《あふ》れる。慌てる高梨と美緒の声を聞き、恥ずかしく思いはしたが、涙は止まる気配を見せなかった。

「ほっとしたんやろ。あんたが元気で」

美緒がそう言いながら富岡に歩み寄り、大丈夫か？　と顔を覗き込むようにして、ぽんぽんと腕を叩いてくれる。

「すみません。本当に、どうしちゃったんだか」

それでようやく落ち着きを取り戻すことができた富岡は、ポケットから取り出したハンカチで頬《ほお》を拭《ぬぐ》うと、改めて高梨を見やった。

「よかったです。本当に元気そうで」

「良平、富岡君な、何から何までフォローしてくれたんやで。ほんま、助かったわ。ありがとな」

美緒が富岡の横からそう高梨に声をかける。

「ほんま……おおきに」

高梨は真面目な顔になり頭を下げたのだったが、傷に障ったらしく、いてて、と小さく呻《うめ》いた。

「だ、大丈夫ですか」

「良平、あんた、あほちゃう？」

慌てて富岡と美緒が高梨に駆け寄る。

「アホかもしれん。つい、傷あること忘れてまうんや」

照れたように笑った高梨がまた顔を顰《しか》めたのは、傷に響いたからのようだった。

「ああ、もう、ちゃんと寝ときや」

美緒がリモコンを操作し、ベッドを水平にしようとする。

「姉貴、ええて」

高梨はそれを制したあと、富岡と納、それに美緒を見やり、少し不思議そうな声を出した。

「そういやごろちゃんは？　姿、見てへんけど」

「ああ、ごろちゃんな。昨夜あんたの家に保険証やら着替えやら取りにいったときに貧血起こしてな。それで休ませたんや。今日は会社、行っとるんやろ？」

美緒が無邪気に富岡に問うてくる。

「…………」

富岡と納は互いに素早く目を見交わした。高梨の容態は落ち着いているようである。これなら大丈夫か、と、一瞬にして意思の疎通を図った結果、口を開いたのは納だった。

「……高梨、落ち着いて聞いてくれ。ごろちゃ……田宮さん、会社にも行っていないし、お前の官舎にもいないんだ」

「なんやて？　うそやろ？」

今回も反応したのは美緒だった。

「……ほんまか？」

高梨もまた、眉《まゆ》を顰め問いかけてきたが、先ほどまでは血色のよかったその顔からはすっかり血の気が引いていた。

「あかん、看護師さん、呼ばな」

すぐさまそれに気づいた美緒が、ナースコールを摑《つか》もうとする。

「大丈夫や」

高梨は先にナースコールを握り込むことでそれを制すると、改めて納と富岡、二人を見やり口を開いた。

「ごろちゃんがおらんて、ほんまか？」

「……はい。昨夜美緒さんと田宮さんが一緒に官舎から戻って来なかったことにずっと違和感があったもので、先ほど、納さんに協力を仰いで高梨さんの部屋の鍵を管理人さんから借りたんです。高梨さんがこんなときだったら、田宮さんなら多少体調が悪くても家で一人で休んでいることなどないだろう。余程体調が悪いのか、だとしたら中で倒れているかも、と思ったので……」

「そない、具合が悪いようには見えんかったよ。顔色は悪かったけど、貧血やから少し休めば治るて、本人も言うてたし、見た目もそないな感じやったけど」

美緒が心配そうに言葉を挟み、富岡に問いかける。

「会社にも行ってへんの？」

「はい。連絡もないそうです」

「……ごろちゃんは昨夜、官舎に戻ったんやね」

ここで高梨がゆっくりした口調で問いを挟んできた。状況を把握しようとしているのだろう、と富岡はそれを伝えるべく答え始めた。

「高梨さんの容態が落ち着いたとわかり、入院に必要な保険証や着替えを取りに田宮さんと美緒さんで官舎に戻ったんです」

「姉貴も？　ごろちゃん、一人や無理そうやったんか？」

そのときから体調が悪かったのか、と案じる高梨に美緒は「ちゃう」と少し恥ずかしそうな顔になり、即座に彼の問いを否定した。

「私が、いっぺん官舎を見たい、言うて無理矢理ついていったんや」

「姉貴……相変わらずやな」

呆《あき》れる高梨に対し、富岡もまた、田宮が体調が悪いようには見えなかった、と伝えた。

「ＩＣＵで高梨さんと話せたそうで、ほっとしてました。顔色はそう悪くなかったと思うんですけど」

「……家で、なんぞあった？」

高梨が美緒に問いかける。

「別になんも」

首を傾げた美緒に高梨は尚《なお》も問いを重ねた。

「何があったか、話してくれへん？」

「なんもないよ。二人で保険証探しただけや。あんた、保険証どこにしまってたん？」

「どこもしまってへん。財布に入っとるよ。それより、よう思い出してや」

高梨の顔に焦りが見える。

「せやかて……」

困り切った顔になる美緒に、高梨が問いを重ねていった。

「家に入って、それから？」

「……ごろちゃんはあんたの着替え、詰めにいった。私はリビングとキッチン、見させてもろたあと、ごろちゃんの許可得て、あんたの書斎も見せてもろたわ」

「そんときごろちゃんは？」

「一緒に部屋におったと思うよ……あ」

ここで美緒が何か思いついた声を出す。

「なに？」

反応した高梨に美緒は、「実は」と申し訳なさそうに切り出した。

「保険証探しとった、言うたやんか。私、てっきりあんたのデスクの引き出しに入っとるんやないかと思うて、鍵かかっとるのに気づかんと、無理矢理開けてもうたんよ」

「……え？」

二人のやり取りを聞いていた富岡は、その瞬間、ただでさえ悪かった高梨の顔色が一段と悪くなったと認識した。

「高梨さん？」

「なんやあんた、大丈夫か？」

「高梨？」

気づいたのは富岡だけでなく、美緒も納も心配そうに見守る中、高梨はナースコールを握り締めたまま、美緒に問いを発してきた。

「ごろちゃん、中、見たか？」

「見た……いうか、勢い余って引き出しをひっくり返してもうたさかい、中身をごろちゃんが拾ってくれたんやけど……」

ここまで話した美緒が、真っ青な顔をしている高梨に逆に問いかける。

「引き出しの中に、なんぞ見せてはならんもん、入っとったんか？」

「………」

その問いに高梨は答えることなく、深い溜《た》め息をつき、黙り込んでしまった。

「……かんにんな？」

沈黙に耐えられなくなったのは美緒だった。謝罪の言葉を口にした彼女のその声に、高梨はようやく我に返った様子で、

「ああ、かんにん」

と逆に謝り返したあと、再び、はあ、と深い溜め息を漏らした。

「どうしたんです？」

肺腑《はいふ》を抉《えぐ》るようなその溜め息の理由が気になり、富岡が高梨に問いかける。あまりの顔色の悪さに、やはり看護師を呼んだほうがいいのでは、と案じていた彼の前では高梨が、目を伏せたまま美緒に問いを発した。

「……ごろちゃん、中に入っとったノートを見たんやないか？」

「ノート？　ああ、なんや古いノートが入っとったな」

美緒が思い出そうとするように眉を顰めて答えたあと、

「でも」

と言葉を足した。

「ごろちゃんが中身見たかはわからんけど……言われてみたら、そのあと、貧血や、言い出したような気がするわ」

「……さよか……」

高梨が小さく呟《つぶや》き、また、深い溜め息を漏らす。

「良平？」

呼びかけた美緒に対し、高梨は小さな、それこそ聞こえないほどの声音でこう呟いた。

「……もう、ええわ」

「え？」

何が、と問い返した美緒に対し、高梨は泣き笑いのような表情を浮かべ、静かに首を横に振った。

「……おそらくごろちゃんは、自分の意思で姿を消したんやないかと思う」

「え？」

「なんだって？」

美緒より前に富岡と納が反応し、少し遅れて美緒が、

「なんやて？」

と高梨に問いかける。

「……ごろちゃんは僕を、許せへん、思うたに違いないんや」

そう告げたあと高梨は、自身の指でナースコールを押した。

『どうしました、高梨さん』

スピーカーから看護師の声が響く。

「すみません、目眩《めまい》がします」

『わかりました。すぐ伺います』

看護師が短く答え、通信は途絶えた。

「大丈夫なんか、良平？」

心配そうに問いかける美緒に、高梨は「大丈夫や」と微笑《ほほえ》み、頷いてみせる。

「高梨さん、どういうことなんです？　田宮さんが自分の意思で姿を消したというのは本当なんですか」

とても信じられない。そう思い問いかけた富岡と、

「なあ、高梨、何があったんだ？」

と訝る納に向かっては、弱々しく首を横に振り、

「かんにん……」

と呟くようにして告げるのみだった。

「どういうことだ？」

納得できない、というような声を納が上げたが、伏せられた高梨の目が彼へと向くことはなかった。

「高梨さん、大丈夫ですか」

直後に看護師が二名、病室にやってきて、高梨の処置を始めた。

「……出ようか」

納が富岡に目配せをし、外へと促す。

「はい」

返事をし、美緒に「またあとで」と声をかけると、富岡は納に続き病室を出た。

「どういうことだ？　高梨はごろちゃんが自らの意思で姿を消したと言う。本気だろうか？」

「本気だとは思います……けど、納得はできませんね」

富岡は答えたあと、ダメモト、と思いつつ納に提案を試みた。

「もう一度、高梨さんの官舎に入るのは無理ですかね」

「……それは……果たして、ごろちゃんの望むことだろうか」

納にはもう、『ごろちゃん』という呼び名を取り繕う余裕はないようだった。

「望んでいないでしょうね。でも、何があろうと田宮さんが、この状況で姿を消すとは思えないんです」

高梨が健康体のときなら、或《ある》いは可能性としてあるのかもしれない。だが容態は落ち着いたとはいえ、未《いま》だ彼が入院中であるこんなときに、田宮が姿をくらますわけがない、と富岡は確信していた。

高梨も当然、そう思うはずである。だが田宮が自ら姿を消したということは、高梨自身が言い出したのだった。

なぜ、高梨はそう言えたのか。理由はあの、古びたノートにある。

それを知ることが果たして、田宮にとっては望ましいかはわからない。高梨にとっては少なくとも、避けてほしいことだろう。

わかっているだけに、納が了承してくれるかは、フィフティフィフティだと富岡は思っていた。それでも、と見つめていた富岡の視線に負けたのか、納が、やれやれ、というように溜め息を漏らす。

「……わかった。官舎に引き返そう」

そう告げた納に富岡は、

「ありがとうございます」

と心からの感謝を込め、その手を握った。

「俺は多分、高梨に恨まれるよな」

ぼそりと呟いた納の手を富岡はぎゅっと握り締める。

「断言できます。きっと後々、高梨さんからも田宮さんからも感謝されるでしょう」

間違いなく、と告げた富岡の肩を、納が小突く。

「お前の言葉はどれだけ信憑性《しんぴょう》があるのかね」

「一〇〇パーセント」

「よく言うよ」

苦笑した納が再び富岡の肩を小突いたあと、表情を引き締め「行くぞ」と声をかけてくる。

「はい」

頷いた富岡だったが、この先、結果として田宮のプライバシーを暴いてしまい、この上ない罪悪感を抱《いだ》くことまでは予測できなかったのだった。

7

富岡と納は高梨の官舎を訪れ、鍵のかかっていた引き出しに仕舞われていたノートを読んで、二人して顔を見合わせた。

「……ごろちゃんはやはり、自ら姿を消したんじゃないか？」

富岡から、田宮の家族構成を聞いた納は、沈痛な面持ちでそう言い、富岡の顔を覗き込んだ。

「……わかりません。でも、僕は『ない』と思います」

田宮の兄のものと思われる日記を読み、富岡も納も動揺していた。田宮の弟の事件の際、少なからずかかわりを持った富岡の動揺は納以上ではあったが、それでも、と彼はきっぱりと首を横に振った。

「富岡君」

「ショックを受けたとは思います。でも、入院中の高梨さんを捨て置いて姿を消すなんてことは、田宮さんはしないはずです」

言い切った富岡の前で、納は暫《しば》し、口を閉ざしていたが、やがて、はあ、と深い溜め息を

漏らした。

「……確かに。ごろちゃんらしくないよな。しかし……」

このような非常事態時には、『らしくない』行動を取るのではないか。納はそう思ったのだが、富岡はそれを完全に否定した。

「あり得ません。どんな状況にあろうが、田宮さんにとってのプライオリティの一番は高梨さんであるはずです」

「しかし……」

確かにそうであろうとは思う。だが、さすがに今回は例外ではないか、と頑張る納に富岡は、厳しい表情のまま言葉を続けた。

「高梨さんが刺されたことと、田宮さんが行方をくらましたことが無関係とは思えません。高梨さんを刺した犯人については、警察は目星がついていると聞きました。一体誰なんです？その人物が田宮さんの失踪《しっそう》にかかわっている可能性はありますか？　それとも見当違いのことを僕は言ってますか？」

「……正直、わからん」

苦渋の表情を浮かべ、納が首を横に振る。

「わからないというのは？」

「凶器のナイフに残された指紋から、犯人はわかっているんだ。だが、動機がわからない。

どちらかというとその人物は高梨に恨みではなく感謝の念を抱いていたはずの男だったから」

「感謝している相手を刺した？」

民間人に捜査情報を詳しくは教えられないということはわかるが、もどかしいことこの上ない。融通をきかせろと言いたいのを堪え、富岡は自分の知りたいことをぶつけていった。

「高梨さんを刺した相手が田宮さんを拉致《らち》する可能性は皆無じゃないんですね。となると田宮さんはいつどこで身柄を拘束されたんでしょう。見たところ、室内に荒らされた気配はない。一応管理人さんに、高梨さんを訪ねてきた人がいるか、聞いてみませんか？」

「ああ、そうだな」

納はそう言うと、念の為、と富岡と共に官舎内のすべての部屋を見てまわって何者かの侵入の痕跡《こんせき》を探し、ないと確認が取れたところで、外で待たせていた管理人に昨夜から今朝にかけての官舎の様子を聞いた。

「特に気づいたことはなかったですよ。高梨さん宛ての訪問客もいませんでした」

「高梨さんの同居人がエントランスを出る姿はご覧になりましたか？」

富岡の問いに管理人は、

「気づきませんでしたね」

と申し訳なさそうな顔になる。

「監視カメラの映像、見せてもらえますか？」

納が言うと管理人は、録画映像は警備会社にあると言い、事務所を教えてくれた。納は礼を言うと富岡を連れ、すぐさま警備会社へと向かった。

管理人から話は通っていたらしく、既《すで》に録画データは用意されていた。

「あ、田宮さんと美緒さんですね」

前夜の九時頃、田宮と美緒が連れ立って入っていくのを確認する。その後、住民と思われる二名の男性が入っていったあと、約三十分後に美緒が姿を現した。

「これ、誰でしょう？」

美緒は一人ではなかった。中年の男と何やら話している。男はラフな服装をしていた。

「顔がよくわからんが住民だろうな」

早送りをしていると、同じ男が一人でマンションに戻ってきた。コンビニにでも買い物に行ったようで手には何かが入っているらしいビニールの袋を下げている。彼が誰で、どういう会話をしたのか、あとから美緒に聞くことにしよう、と富岡に告げた納は更に画面を早送りしていたが、ここで彼の指が止まった。

「あ」

「田宮さんだ」

カメラには一人俯《うつむ》いたままエントランスを出ていく田宮の姿が映っていた。

「やっぱり外に出たんだ」

巻き戻してください、と納に頼み、再度画面の中の田宮を富岡は納と二人して凝視した。

「何も荷物は持っていませんね」

「さっき、美緒さんがボストンバッグを持っていたな」

「……もし高梨さんの言うように、田宮さんが自ら姿を消したんだったら、当座の着替えくらいは持っていくんじゃないでしょうか」

「……だよな」

富岡の言葉に納は頷き田宮の姿が消えた画面をじっと見やる。その後、帰宅したと思《おぼ》しき住民数名が映っていたが、中に怪しげな人物はいないようだった。

「拉致されたとすれば間違いなく、昨夜官舎を出てからだ。官舎周辺の聞き込みをするか……」

呟く納にすかさず富岡が「手伝います」と声をかける。

「いや、富岡君は……」

納が慌てた様子で止めようとしたが、富岡は制止を待たずに喋り出していた。

「路上にも監視カメラってないですかね。それに何か映っているかもしれません。田宮さんが官舎を出た時間は今の映像で確認できますし、その時間近辺の映像、集めましょう」

「富岡君、ここからは警察の仕事だから……」

尚も止めようとする納に富岡が厳しく問いかける。

「現段階で、警察は田宮さんの捜索をしてくれるんですか?」

納が個人的に動くのではないのか。指摘を受け、納がうっと言葉に詰まる。

「納さんの手伝いをしたいんですよ」

それを見て富岡はニッと笑うと、「行きましょう」と納を聞き込みに行くべく促した。

納が住民等に聞き込みをしている間、富岡は路上や個人宅の門柱にある監視カメラを探し、官舎近くのコンビニと、すぐ近くの一戸建てに設置してあるのを見つけ、納に知らせた。

納はそれぞれに警察手帳を示して録画テープを見せてほしいと頼み、映像を提供してもらった。

「聞き込みの結果、どうでした?」

富岡の問いに納が顔を顰める。

「有益な情報はない。夜中に車の音がした、というのがあったくらいだ」

「車か……車通りがまったくないわけじゃないですしね……」

富岡が溜め息を漏らしたそのとき、彼の携帯が着信に震えた。

「げ」

ディスプレイを見た富岡は、嫌そうな声を上げたが、無視もできまいと渋々応対に出た。

「はい、富岡」

『雅巳、連絡も入れずに一体何をしているんだ? 午後一に来客があるのはわかっているんだろうね？』

電話をかけてきたのはアランだった。

「あ」

十一時フレックスにしていたが、時計を見ると既に十分ほど過ぎている。しまった、忘れていた、と富岡は慌てて電話を握り直した。

「申し訳ない。ええと……」

できることなら来客にキャンセルの連絡を入れてもらうよう頼みたかったが、一度仕切り直してもらった相手だと思い出し、どうするか、と富岡は少し迷った。

『雅巳、どうした？　君も吾郎《ごろう》も一体何をしているんだ？』

電話の向こうでアランが苛立《いらだ》った声を出す。

「……わかった。なんとかする」

富岡はそれだけ言うと、

『雅巳？』

と尚も声をかけてきたアランを無視し、電話を切った。

「富岡君、会社に戻れ」

横で電話を聞いていた納が静かな声音で命じる。

「いや、なんとかします」

「これから署に戻ってこのビデオを観る。何かわかったらすぐ連絡を入れるよ。富岡君は富岡君の仕事に戻ってくれ」

納が真面目な顔でそう言い、任せろ、と頷いてみせる。

「しかし」

「はっきり言う。富岡君ができることは今、ないんだ」

ごねかけた富岡だったが、納にそこまで言われては、それでも何か手伝いたい、と突っ張ねることはできなかった。

「……わかりました。本当にすぐ、連絡くださいね」

溜め息交じりにそう言い、富岡は納を真っ直ぐに見返す。

「ああ、わかっている」

納が頷き、富岡を「行こう」と促す。

二人して空車のタクシーを求め、大通りへと向かう最中、富岡は納の横顔をちらと見やった。

普段は熊のように愛嬌のある顔の彼の眉間《みけん》にはくっきりと縦皺《たてじわ》が寄っている。富岡の胸にも、行方の知れない田宮に対する心配が渦巻いていたが、納もまたそうなのだろう。

頼むから無事でいてくれ――何者かに拉致された、などということにはならないでほしい。切にそう祈る富岡の脳裏には、高梨の無事がわかって心から安堵《あんど》したように微笑む、田宮の可憐な笑顔が浮かんでいた。

「雅巳、どこに行っていたんだ？」

会社に戻った富岡は、彼を待ち構えていたアランから質問攻めにあったが、適当に返事をして受け流した。

気になるのは、とメールを立ち上げ、田宮から何か、連絡が入っていないかをチェックする。

「……ないか……」

受信ボックスをいくらチェックしても、田宮発信のメールを見つけることはできなかった。周囲に田宮から連絡がなかったかと問うも、来ていない、と皆から首を横に振られ、溜め息を漏らす。

「吾郎がどうかしたのか？」

相変わらずアランは富岡の行動にいちいち理由を確かめてきたが、彼の相手をする余裕を今の富岡は持ち得ていなかった。

来客をこなしたあと、富岡は午後の予定を調整し、課長が席に戻ったら体調不良を理由に早退させてもらおうと決めていた。

と、そのときポケットに入れていた携帯が着信に震えたものだから、富岡は慌ててディスプレイを見やり、そこに納の名を見出《みいだ》したため、急いで応対に出た。

「もしもし?」

『富岡君か』

電話の向こうの納の声のトーンは、いつもの彼のものよりかなり低い。嫌な予感が自身の中で急速に広がってくるのを感じつつ、富岡は納に問いかけた。

「何かわかったんですね。しかもあまりよくないことが」

『……ああ。ごろちゃん……田宮さんはやはり、拉致されていることがわかった』

沈痛、という表現がぴったりくる声音で納が、富岡が想定していた最悪の事態を口にする。

「監視カメラに映ってたんですか?」

問いかける自分の声が、別人のもののように富岡の耳には響いていた。そのような落ち着いた問いかけをできるはずがないと違和感を覚えるほど、自分が動揺しているのがわかる。

『それもある……が、脅迫状が届いた』

「なんですって」

富岡は思わず大きな声を上げてしまい、すぐさまオフィスの皆の注目を集めていることに気づいて口を閉ざした。

『状況を知らせる約束だったから連絡を入れたが、君は何も動かないでくれ』

我々に任せるように、と告げ、納は富岡からの返事を待たずに電話を切った。慌ただしい捜査の中、密かに連絡を入れてくれたのだろう。田宮が拉致されたという知らせに動揺しまくっていたはずの富岡の脳は、変なところで不思議とクールに働き続けていた。

「雅巳」

横からアランが声をかけてくる。それと同時に課長が戻ってきたため、気が急《せ》いていた富岡はアランには返事をせず、真《ま》っ直《す》ぐ課長のデスクへと向かった。

「すみません、体調が悪いので、早退させていただきたいんですが」

「体調不良?」

課長は訝しげな顔になったが、さすがに『嘘《うそ》だろう』と指摘はできなかったようで、

「わかった」

と了承してくれた。

「雅巳、話をさせてくれ」

席に戻り、鞄を手にした富岡にアランが声をかけてくる。

「悪い。急いでいるんだ。また改めて」

無視し続けていたことが気になっていたこともあり、富岡はいつもよりは丁寧にアランに接すると、

「雅巳」

と、それでも声をかけてきた彼を今度は無視し、フロアを走り出た。

あまり活発に動いては『体調不良』が嘘だとバレる、という配慮をするような余裕は富岡から失われていた。

納には動くなと言われたが、動かずにいられるわけがない。しかし、納を訪ねたとしても門前払いされるのがオチだろう。どこに行けば一番情報が得られるかと考えた結果、富岡は高梨の病室を目指すことにした。

高梨のもとに、田宮拉致の連絡が行っていないようならダメモトで納のところに向かおう。決断を下した富岡は会社を出るとすぐにタクシーを捕まえ、高梨の病院へと向かった。

「富岡君！」

高梨の個室を訪れようとした彼は部屋の前で青ざめた顔をした美緒に声をかけられ、もしや、と彼女の両肩を摑んだ。

「美緒さん、田宮さんは？」

「誘拐されたんやて。ああ、どうしよう、富岡君。私が一緒に官舎を出とったらこないなことにはならんかったのに……っ」

美緒はすっかり動揺していた。

「落ち着いてください。脅迫状が届いたと聞いたんですが」

美緒の肩を摑んで揺さぶり、目が泳いでいた彼女と視線を合わせようとする。

「……さっき、竹中《たけなか》君いう刑事さんが、知らせにきてん。そのあと、なんや大勢の警察の人が駆けつけてきて……」

美緒はようやく富岡と目を合わせるとそう言い、ああ、と溜め息を漏らした。

「私のせいや。私がごろちゃんを一人にしてもうたそのせいや……」

「落ち着いてください。美緒さんのせいじゃありませんし、下手《へた》したら誘拐されたのは美緒さんだったかもしれないじゃないですか」

脅迫状が届いたということは、高梨に対し、何かを要求してきたということになる。そのために拉致するのは恋人であっても姉であってもよかったはずだ。どちらかといえば腕力的に御しやすい女性が選ばれた可能性が高い。美緒は運がよかったのだ、ということを知らせるべく、富岡は監視カメラの画像で見た事柄について指摘してやることにした。

「美緒さん、官舎を出るとき一人じゃなかったでしょう？　一緒にいたの、誰です？」

「え……？」

美緒は訝しげな顔になったものの、すぐに「ああ」と何か思い出した顔になった。

「エレベーターで一緒になった男の人に、タクシーを捕まえられそうな通りを聞いたら、ちょうどコンビニに行くとこやさかい、案内してくれる、言うてくれて……」

それがどうしたのだ、と眉を顰め、答えていた美緒は、

「……ああ……」

と察した声を出した。

「私が一人やったら、拉致されてたかもしれん、いうこと?」

「ええ」

頷いた富岡の前で、美緒はぶるっと身体《からだ》を震わせた。

「怖いわ……」

ぼそりと呟いたあとに、言葉を続ける。

「でも……誘拐されたんが私ならよかったかも……」

「何馬鹿《ばか》なこと言ってるんです。誰が誘拐されても『よかった』なんてことはありませんよ」

富岡はそう言うと、美緒に「ちょっと待っててください」と断り、病室をノックしドアを開いた。

「富岡君」

室内には青ざめた顔をした高梨と、彼のベッド近くには竹中と彼の他に刑事と思しき男が二名いた。

富岡に対し、声をかけてきたのは竹中で、彼は戸惑いの表情を浮かべていた。

「立ち入り禁止になっているはずだよ」

「すみません、いてもたってもいられませんでした。田宮さんが拉致されたのは、官舎を出てすぐですか？　防犯カメラに何か映ってました？」

竹中の制止にかまわず、富岡は勢い込んで彼に尋ねた。

「富岡君、君、一体何を知ってるというんだ？」

困惑の表情を浮かべつつそう問いかけた竹中の言葉を遮ったのは高梨だった。

「……ええよ、竹中。富岡君とサメちゃんのおかげでごろちゃんの居場所の特定が早うできるようになったんやから」

だが高梨の顔色は朝以上に悪く、ほとんど血の気がないといってもよかった。頬はこけ、眼窩《がんこう》は落ち窪《くぼ》んでしまっている。

「高梨さん……大丈夫ですか」

それは田宮誘拐の報を受け、気が動転していた富岡でさえ案じてしまうほどで、思わず駆け寄り顔を覗き込んだ彼に向かい、高梨は弱々しく微笑んでみせた。

「……大丈夫や、それより、改めて礼を言うわ。ごろちゃんの行方を捜してくれて、ほんま、おおきに。僕はてっきり……」

高梨は何かを言いかけたが、言えないと思ったらしくここで口を閉ざしてしまった。

「…………」

高梨は自分が、田宮は自ら姿を消したと言ってしまったことに酷《ひど》く落ち込んでいるようだった。

理由はわかる。しかしそれを悟られるわけにはいかない。富岡は咄嗟《とっさ》に口をついて出そうになった慰めの言葉を飲み込むと、すぐさま高梨に向かい首を横に振った。

「それより、田宮さんは？　居場所が特定できたと言ってましたが」

「……それが……」

高梨がまた言葉に詰まる。

「……これ以上は警察関係者以外、明かすことはできません」

ここで再び、竹中の邪魔が入った。きっぱりと言い切るその様子から富岡は、田宮が危機的状況に瀕《ひん》していることを察したのだった。

「……田宮さんは……大丈夫なんでしょうか」

自身の声が酷く震えているのがわかる。今、顔色も高梨同様、悪いに違いないという自覚を持っていた富岡に対し、竹中は無言で首を横に振ってみせた。

「竹中さん……」

「今、納さんをはじめ、我々の仲間が救出に向かっています。無事であることを祈るのみです」

竹中は短く答えると、

「さあ」

と部屋を出るよう、促した。

「…………」

留《とど》まり、田宮が今置かれている状況を知りたいと切望していたものの、自分がこの場にいられるのは高梨の好意ゆえとわかっていただけに、これ以上、身も心も傷ついている高梨に迷惑はかけられない、と富岡は思い、こくり、と小さく頷いた。

竹中に連れ添われ、部屋を出る。

「富岡君……」

部屋の外には疲れ果てた顔をした美緒が富岡の出てくるのを待っていた。

「……どうか二人とも、家に戻ってゆっくり休んでください」

竹中は美緒や富岡の顔を見ないようにしてそう告げると、

「失礼します」

と一礼し、病室に戻っていった。

「……ああ……」

扉が閉まった直後、美緒がその場に泣き崩《くず》れる。

「美緒さん、しっかりしてください」

富岡は美緒を抱えるようにし、その階にある待合室へと向かった。運よく無人であった待合室のソファに美緒を座らせ、肩を抱く。

「ごろちゃん……大丈夫やろか……」

泣きじゃくる美緒の耳許《みみもと》で富岡は、

「大丈夫ですよ。きっと」

と力強く囁《ささや》き続けたが、我ながらその言葉には信憑性がないと認めざるを得なかった。

田宮は果たして誰に誘拐されたのか。すぐにも救出できるのか。なぜ納は田宮を『無事』と言わなかったのか。もしや田宮は『大丈夫』という状態ではないのか。

それが知りたい、と焦る気持ちを堪え、富岡が必死で美緒を宥《なだ》めていたそのとき、

「雅巳！」

不意に待合室に凜《りん》とした声が響き、富岡の、そして美緒の注意をさらった。

「……お前か……」

富岡が心底迷惑に思いつつ見やった先にいたのはアランだった。

「なんでここがわかった？」

問うてから、もしや、と眉を顰めた富岡に、アランが肩を竦める。

「君の携帯のGPSを追った」

「……やっぱり……」

そんなことだろうと思った、と溜め息を漏らした富岡だったが、いつものようにアランとやり合う気力は残っていなかった。

「高梨警視が刺され、吾郎が誘拐されたそうじゃないか。どうしてそんな非常時に君は僕を

頼らない？」

苛立った様子でそう告げるアランに対し、頼ってどうなるのだ、と富岡は思ったものの、それを言えばまた面倒なことになるとわかっていたので、口を閉ざしていた。

「今、情報を集めている。僕なら警察以上の働きができると、雅巳、君もわかっているだろうに、どうして頼ってくれないいんだ？」

切々と訴えかけてくるアランの言葉には、実は少しの誇張もないのだった。彼の言うとおり、まず頼るべきだったんじゃないか。憔悴《しょうすい》しきった高梨と、厳しい表情をした納の顔を思い出していた富岡が、アランに言葉をかけようとしたそのとき、富岡たちの目の前を物凄《ものすご》い勢いでスーツ姿の男たちが駆け抜けていった。

「あ」

もしや、と富岡は立ち上がり、彼らが向かった方向へと——高梨の病室へと向け、走り出す。

「富岡君」

「雅巳！」

背後で美緒とアランの声がする。富岡はアランを振り返り、

「美緒さんを頼む」

と告げると更に足を速めた。

病室の前に立ち、中を窺《うかが》う。

「田宮さんの身柄を確保しました！」

その直後、若い男の声がそう告げたのを聞き、よかった、と富岡は安堵したあまり、その場に崩れ落ちそうになってしまった。

「田宮さんは無事なのか？　怪我を負っているということは？」

竹中の声はしたが、高梨の声が聞こえてこない。それに、誘拐された田宮の身柄が確保されたというのに、室内はやけに沈んでおり、当然上がるはずの歓喜の声は少しも響いてこなかった。

おかしい――もしや田宮の身に、何かが起こっているのではないか。

その心配が胸に生じたと同時に富岡は立ち上がり、もときた廊下を引き返していた。

「雅巳、どうした」

戻ってきた富岡に、アランが声をかける。

「ごろちゃん、どないしたって？」

美緒もまた心配そうに問いかけてきたが、富岡は真っ直ぐアランの前へと進むと、深く頭を下げた。

「頼む。田宮さんの身に何が起こっているのか、教えてくれ」

「富岡君……」

美緒が驚いたように目を見開く。

「……ようやく頼りにしてくれる気になったんだね」

嬉《うれ》しげに微笑むアランに頼むことには、抵抗があった。金と力にものを言わせるという彼のスタイルを富岡はあまり好きではなかったためである。

しかし今はそんなことを言っていられない。

「頼む」

と再度深く頭を下げる富岡の脳裏には、心細げに一人佇《たたず》む幻の田宮の姿が浮かんでいた。

8

時はその日の深夜に遡《さかのぼ》る。

美緒を先に病院へと向かわせた田宮は、随分と長い時間、高梨の書斎で兄、和美《かずみ》の日記を前に座り込んでいた。

涙も涸《か》れ果て、ただぼんやりと日記を眺めていた田宮の脳裏にふと、高梨の、酸素マスク越しに見た弱々しい笑顔が蘇《よみがえ》る。

「…………戻らないと……」

高梨と顔を合わせることに躊躇いはあった。が、ナイフで刺されるという大怪我を負った彼の傷の具合を案じる気持ちのほうが大きかった。

日記を見つけたときには、高梨の世話は美緒に任せ、当分彼とは会わないでいようとも考えた田宮だったが、やはり高梨の体調を傍《そば》で見守りたいという気持ちが今や胸に溢れていた。

日記を見たことは自分の胸の中に仕舞っておこう。高梨にいらぬ気を遣わせる必要はない。

高梨がこの日記を自分の目に触れさせまいとしていたのは、引き出しに施錠していたことからもわかる。自分がどれほどショックを受けるか、高梨にはわかっていたからこそ、日記を見せないという選択をしたのだろう。

その思いを無にするのは忍びない。もし、兄の日記について、語り合うにしてもそれは、高梨が退院してからのことにしようと田宮は心を決めた。

時計を見ると深夜二時になろうとしている。随分と時間をロスしてしまった。美緒はさぞ、不安に思っていることだろう。早く病院に戻ろう、と田宮は立ち上がり、引き出しを元どおりに机に差すと、少し浮いて閉まっていることを気にしつつも書斎をあとにし、他の部屋をざっと片付けてから官舎を出た。

二時ともなると、官舎の住民と顔を合わせることもない。エレベーターを降り、エントランスを横切ったときにも、管理人は既に就寝しているようで管理人室の窓は閉まっていた。

この時間、タクシーは走っているだろうか。駅の乗り場まで行ったほうがいいかもしれない。そんなことを考えながら大通りを目指していた田宮は、背後から車が近づいてきたことに気づき、振り返った。

「……っ」

眩《まぶ》しい、とヘッドライトから目を逸《そ》らす。タクシーではなかったことがわかり、再び前を向いたそのとき、車が田宮を追い越した直後に急ブレーキを踏んだらしくすぐ横で停まった。

「?」

なんだ、と田宮が身構えたのは、停まった車のドアが開き、わらわらと男たちが降りてきたからだった。

一目でチンピラとわかる風体の彼らに取り囲まれ、田宮は声を失った。

「……あの……なんでしょう」

金品目当ての強盗か。それとも——心臓が口から飛び出しそうなほど、ドキドキと激しく脈打っている。

逃げることはできるか。相手は四人。こちらは一人。近くの民家に駆け込むとか——？

素早く周囲を見回していた田宮の前に立つチンピラが、じろ、と睨《にら》みながら口を開く。

「あんた、田宮吾郎だよな？」

「え……っ」

フルネームを言われ、愕然《がくぜん》となる。金目当てではなく、名前がわかった上で取り囲まれたのか、と察したと同時に田宮は逃げることを決意した。

深く息を吸い込んだあと、前方に逃げる、と見せかけ、男たちの隙《すき》を突いて斜め横に向かって駆け出す。

「おい、逃がすな！」

チンピラとチンピラの間を駆け抜けた田宮は、一番近い民家を目指した。が、もう一歩のところで背後からタックルされ、路上に転がされてしまった。

「面倒かけさせんなよ」

馬乗りになった男が田宮の頬に拳《こぶし》を打ち込む。

「くっ」

痛みに呻《うめ》いた田宮の周囲に、あとを追ってきたチンピラたちが集まった。

「おい、さっさとしろ」

大声を上げようと口を開いたところに猿轡《さるぐつわ》を噛《か》まされ、両手両足を縛り上げられてしまった。男たちに抱えられ、車へと運ばれる。

「早く出せ」

後部シートに座る男たちの間に挟まれた上、片方の男にナイフを顔の前に持ってこられては、もはや抵抗はできなかった。

ナイフの男の指示で、運転役の若い男が慌てて車を発進させる。

「最悪、あんたのことは殺してもいいと言われてるんだ。大人しくしといたほうが身のためだぜ」

男はそう言い、田宮の頬をナイフの刃でぴたぴたと叩いた。恐怖に総毛立ってしまいながらも田宮は、彼らは何者なのか、目的はなんなのかと必死に頭を絞っていた。

ナイフから連想されるのは高梨の傷だった。彼らが高梨に怪我を負わせたのだろうか。もしそうだとしたら自分が誘拐された理由は？　高梨絡みということだろうか。

だとしたらまた、高梨に迷惑をかけてしまう——高梨が入院中のこんなときに、と田宮は心の中で唇を噛むと、せめてどこへ向かっているのかを知っておこう、とフロントガラスの向こうを見つめ続けた。

それから車は三十分ほど走行し、やがて湾岸の倉庫が建ち並ぶエリアへと到着した。車が停まると田宮は、両足を縛られていたこともあり、男たちに抱えられた状態で倉庫内へと運び込まれた。

「来たか」

倉庫の中には、十名近い男たちがいた。声をかけてきたのは、三十代前半と思われる男で、彼だけは他のチンピラ風の服装の男たちとは違い、ビシッとしたスーツを着込んでいた。

「二代目、田宮吾郎です」

田宮を抱えていたチンピラがそう言い、田宮を男の足元へとどさりと落とす。

「……っ」

したたかに腰を打ち付けられ、痛みから呻いた田宮は『二代目』と呼ばれたスーツ姿の男に肩をぐりぐりと踏まれ、更なる痛みに顔を歪《ゆが》めた。

「二代目ってなんだよ。俺はもう、組長なんだよ」

男の怒りは田宮に対してではなく、『二代目』と呼んだチンピラに対してらしい。当たれているのか、と察しはしたが、猿轡を噛まされ、手足の自由を失っている状態ではいかんともしがたく、田宮はただ身体を竦ませていた。

「し、失礼しました。組長」

チンピラが平身低頭して詫びたあと、阿《おもね》る口調で話しかける。

「田宮吾郎を連れてきました。早速、撮影に入りますか？」

撮影――？　なんの、とますます身構えることになった田宮はいきなり倉庫内が明るくなったことにぎょっとし、背後を振り返った。

「…………」

『撮影』というだけあり、ライトが二つ、灯《とも》されている。ライトが照らす先には、なんということのないパイプ椅子《いす》が一脚あるだけだった。

「そうだな。座らせろ」

組長と自ら名乗った男が顎《あご》をしゃくって田宮を示す。

「は」

「わかりやした」

途端に先ほど田宮を拉致したチンピラたちが駆け寄ってきて再び田宮を抱え上げ、パイプ椅子に無理矢理座らせると、縄で田宮を椅子にしっかりくくりつけた。

「準備はいいか？」

組長がそう言い、周囲を見渡す。

「オッケーです」

「すぐかかれます」

小型のビデオレコーダーを手にした男が田宮の前に立った。既に『ＲＥＣ』状態であるらしく、赤いランプが灯っている。

「よし、始めろ」

組長が声をかけると、チンピラたちの間から覆面姿の男が登場し、田宮に近づいてきた。彼の手に注射器が握られていることに気づいた田宮の胸に、嫌な予感が芽生える。

「音声、加工しろよ」

組長がそう言い、ビデオをかまえるチンピラが「わかりました」と返事をする。と、組長はふう、と大きく息を吐き出したあと、やにわに大声で喋り始めた。

「高梨さんよう、俺ぁあんたに恨み骨髄なんだわ。そういったわけで、あんたの大事な男を拉致したぜ。田宮吾郎って名前だったよなあ。これから彼に何をしようとしてるかわかるか？シャブだよ。こいつをシャブ中にしてやるんだよ」

シャブ――それが覚醒剤を意味する言葉であることを、田宮は当然知っていた。恐怖で顔が引き攣《つ》る。

「まずは一本、キメてやる。三時間後に二本目をキメるぜ。ほら、打てよ」

組長に促され、覆面の男が田宮のシャツの袖《そで》を摑んで引き裂き、露《あら》わになった上腕に注射器を突き立てようとする。

「うーっ」

やめろ、と叫び、暴れたかったが、猿轡が田宮の声を封じ、椅子にがっちり縛り付けている縄が動きを封じていた。

消毒などしてくれる親切心は持ち合わせていなかったらしく、覆面の男がぶすりと注射器を腕に突き刺す。

「うーっ」

そのままぐっとプランジャー《押し子》を押し込む。注射針から一気に中の液体が血管に注ぎ込まれてきたのを感じた途端、田宮は酷い目眩と吐き気に襲われ、堪らず呻いた。「ううっ」

天を仰いだあと、がっくりと項垂《うなだ》れる。気持ちが悪くて吐きそうだった。目を閉じていてもぐるぐると視界が定まらず、目を開いたら開いたで視界が回ってまた吐きそうになる。

「いいか？　俺らの要求はあんたの命だ。死に方は……そうだな、割腹自殺でどうだ？　それをニュースで流してもらおう。ああ、嘘はダメだぜ。コッチにも情報網っつうもんがあるからよ」

組長が喋る声が、遠くで聞こえていたが、内容については少しも田宮の頭に響いてこなかった。

「高梨さんよ。あんたがこれを見る頃には、あんたの大事な恋人は二回……いや、三回はシャブを打たれているはずだぜ。これは録画だからよ。これを見てすぐに死んでくれよ。そうじゃないと恋人はシャブ中になっちまうぜ」

あはは、と組長が甲高《かんだか》い笑い声を上げる。

「………」

相変わらず酷い目眩と吐き気を堪えていた田宮は、自分が拉致されたせいで高梨の身に危険が迫ることになったとようやく察し、どうしたらいいのだ、と苦しみながらも必死で考えようとした。

「よし、編集して送るんだ。そうだな。昼前に警視庁に届けてやることにしよう。それまでに我々は高飛びの準備でも進めておこうぜ。高梨の野郎に報復したものの、逮捕されちまったら、身も蓋《ふた》もねえからな」

思考の合間に、組長の下卑《げび》た笑い声が田宮の耳に届く。

「若林《わかばやし》は始末したんだろうな?」

「はい。東京湾に沈めときました」

「あの野郎が高梨をし損じなかったら、こんな面倒なこともしないですんだのによう」

言いながら組長が田宮へと近づいてくる。気配を察した田宮は顔を上げ、組長を見やった。

「男の恋人……か。若林も高梨にたらし込まれたんじゃねえの? 身代わり自首を白状しちまうなんて、そうとしか思えねえんだが」

組長はそう言うと、すっと手を伸ばし田宮の顎を捕らえて無理矢理顔を上げさせた。

「恨むんならあんたのオトコを恨めよ。まあ、シャブで天国見せてもらえるんだ。恨む気にもなれねえだろうけどよ」

「…………っ」

下司《げす》が、と唾《つば》を吐きかけたかったが、相変わらずの目眩と、何より猿轡に阻《はば》まれ、希望はかなわなかった。

この男が高梨を刺すよう命じたのだ。一体どんな理由があるのかはわからない。が、とても許せるものではない。

睨《にら》み付ける田宮の視線に気づいたのか、組長は田宮の頬をぺしぺしと叩くと、ふん、と鼻で笑うようにし、田宮の頭を軽く小突いてからその場を離れた。

「立派なシャブ中にしてやれや。俺にメンチなんぞ切れなくなるようにな」

「は」

組長の言葉に、チンピラたちが畏《かしこ》まり、深く頭を下げる。

シャブ中――覚醒剤《かくせいざい》に関する知識は、ドラマや映画、それに本くらいでしか得たことはない。だがそれだけでも『中毒』になってしまった場合、立ち直るのにどれだけの時間と気力がいるかということは、田宮にもよくわかっていた。

怖い。だが今は自分が覚醒剤中毒になることより、高梨の命の安全が守られるかどうかということに田宮の関心は移っていた。

自分のせいで高梨の身に危険が迫ることを思うと、目眩や吐き気などどうでもいい気持ちになる。高梨が無事であるのなら、覚醒剤中毒になってもかまわない。頼むから脅迫に屈しないでくれ、と祈る田宮の脳裏に幻の高梨の笑みが浮かぶ。

『ごろちゃん……』

『良平……俺のことはもう、いいから……』

高梨の姿がやたらと鮮明な像を結ぶのは、もしや覚醒剤の影響なのだろうか。早くも幻覚を見ているのか、と目を閉じた田宮はそのとき、覚醒剤使用者の自分にとっての高梨は、最早手の届かないほど遠い存在になったのだという思いを抱いていた。

警視庁にその記録媒体が届いたのは、午前十一時過ぎだった。

チンピラ風の男が受付に預けていったというその封筒には高梨の名が乱雑に書かれており、すぐさま捜査一課に持ち込まれたそれを一課長をはじめとする捜査一課の面々で視聴することとなった。

「あっ！」

画面に映った男を見た瞬間、高梨の部下の一人である山田が高い声を上げた。

「これ、ごろちゃんですよ！」

「なんだと？」

捜査一課長が上げた焦った声に、録画の声が重なって響く。

『高梨さんよう、俺ぁあんたに恨み骨髄なんだわ。そういったわけで、あんたの大事な男を拉致したぜ。田宮吾郎って名前だったよなあ。これから彼に何をしようとしてるかわかるか？シャブだよ。こいつをシャブ中にしてやるんだよ』

「これは……」

課長が衝撃を受け、声を失う。画面には田宮が無理矢理覚醒剤らしきものを注射される一部始終が映っていた。

「誰だ、こいつらは」

「何かヒントになるようなものは映ってないのか」

刑事たちがざわつく中、ビデオの映像が流れ続ける。

『いいか？　俺らの要求はあんたの命だ。死に方は……そうだな、割腹自殺でどうだ？　それをニュースで流してもらおう。ああ、嘘はダメだぜ。コッチにも情報網っつうもんがあるからよ』

加工された声が延々と響く。高笑いをするその声に皆が顔を顰めていたそのとき、

「課長！」

と事務員が会議室に駆け込んできた。

「どうした」

課長が彼女を見やる。

「新宿西署の納刑事が、大至急、報告したいことがあるそうです。どんな重要な会議中であっても取り次いでほしいと、それはもう凄い剣幕で……」

彼女が言い終えないうちに、再び会議室のドアが開いたかと思うと、噂《うわさ》の納が息を切らせ駆け込んできたものだから、課長も、そして捜査一課の面々も啞然《あぜん》とし、その姿を見やってしまった。

「課長、すみません、緊急事態です。ごろちゃんが……田宮さんが神崎《かんざき》組の残党に拉致されました っ」

「なんだと？」

まさに今、その田宮の映っていた映像を、思わず皆して振り返る。

「……あ……」

皆の視線を追った納もまた、画面を見たあと、さっと顔色を変え、課長に駆け寄った。

「田宮さんが昨夜拉致された際の防犯カメラの画像を解析した結果、神崎組が所有している車だということがわかったんです。田宮さんを拉致したのは神崎組の残党です。すぐさま彼らの潜伏先を探してください！」

「わかった。すぐに動こう」

課長は即答したあと、

「しかし、なぜ納君が」

と、タイミングのよすぎる彼の登場の理由を問うた。

「俺じゃありません。富岡君の執念です」

「富岡君？　田宮君の同僚の？」

その名が出るとは、と眉を顰めた課長だったが、すぐに我に返ると、

「班分けを行う！」

と、田宮が拉致されている場所を特定すべく、部下に号令をかけたのだった。


時間の感覚は最早、田宮から失われていた。先ほど打たれた分で三回目の投与となる。覚醒剤を打たれる度《たび》に、吐き気と目眩に襲われた。覚醒剤は中毒になるほど、気持ちのいいものではないのか。ただただ、苦痛が増すだけだ、と吐き気を堪えていた田宮は、顎を持ち上げられ、はっと我に返った。

「どうだ？　お前に打ってやってるのは純度の高い覚醒剤だ。その辺の学生にバラ撒《ま》いてる

奴とは違うからな。せいぜい、天国見てもらおうじゃねえか」

けらけらと笑っているのは、先ほどの組長だった。

「さっき、警視庁に録画データを送ってやったぜ。高梨警視が割腹自殺する映像が届いたら、あんたにも見せてやるからよ。とはいえ、俺は間もなく高飛びするけどな」

またもけらけらと笑い、組長が田宮の顎を離す。

「しかし天下の高梨警視の恋人が男だったとはね。世間に公表すればそれだけでも一大スキャンダルになるだろう。ああ、そうだ。いっそ、公表しちまおうか。ねえ、田宮さん」

ここでまたも組長が高い笑い声を上げたあと、

「木村《きむら》！」

と誰かに呼びかける。

「はい」

「さっきの動画な、動画サイトに投稿しろ。警視様の恋人が男で、しかもシャブ中だと、広く世間に知らしめてやれ」

「うーっ」

やめろ、と田宮は叫ぼうとした。が、目眩が酷く、声を発することはできなかった。

「それじゃあな。田宮さん。そろそろ我々は失礼するよ。高梨警視が死んでも死ななくても、お前はシャブ中になった挙げ句に、シャブの打ち過ぎで命を失う。それまでに天国を見られ

ると いいな」

あはは、と組長が笑い、倉庫を出ようとする。その瞬間、倉庫の扉が外から勢いよく開いたかと思うと、いっせいに盾を手にした警官たちが雪崩《なだ》れ込んできた。

「なんだ？　どうしてここが？」

「組長！　逃げてくださいっ！」

焦りまくる組長を、彼の周辺にいたチンピラたちを、何十名もの警官が次々取り押さえ、引き立てていく。

「大丈夫か？」

田宮に駆け寄り、肩を揺さぶってきたのは、田宮のよく知る男だった。

「……納……さん」

焦点が定まらないのを必死で調整しようとし、田宮は自身の肩を摑んで揺さぶる納の顔を見やった。

「大丈夫か？　気分は？　すぐ、病院で処置をするから。安心してくれ。田宮さん、俺の言うことはわかるか？」

焦った口調で問いかけてくる納に田宮は、何より気になることを問いかけた。

「良平は……？　良平は、無事……ですか？」

脅迫状はもう送ったと言っていた。まさかとは思うが、割腹自殺などしていないという答

えがほしい。田宮の問いに納は、一瞬なんともいえない顔になったあと、

「高梨は無事ですよ」

と告げ、田宮の肩を叩いた。

「……そう……ですか……」

よかった。安堵の息を吐いた田宮の縛《いまし》めを解《ほど》いてくれながら、納が優しげな口調で言葉を続ける。

「高梨も田宮さんのことを心配しています。これから高梨と同じ病院に向かいましょう。高梨もあなたの無事を知ればさぞ安堵することでしょう」

嬉しげに続ける納に田宮は、思わず縋《すが》ってしまっていた。

「納さん……すみません、病院は……違う、ところに……」

「……え？」

納が戸惑った声を上げる。

「……俺はもう……良平の傍には……」

いられない。激しく首を横に振る田宮の目から、ぼろぼろと涙が零《こぼ》れ落ちた。

「田宮さん」

「もう……もう、俺は……っ」

「田宮さん？　どうしたんだ？」

納が田宮の肩を摑み、揺さぶる。

「……お願いです……どうか、別のところに……っ」

田宮は顔を伏せたまま、納に懇願した。

「……田宮さん……」

納は戸惑いまくった声を出していたが、田宮が尚も「お願いします」と頭を下げると、その申し出を退けることはできないと思ったらしく、

「わかりました」

と頷いた。

救急車の行き先は、目黒の病院とされていたが、納は独断でそれを自身の管轄内にある西新宿の病院に変更した。

田宮の意図は、納にわかる気もしたし、わからない気もした。恋人が男だと世間に知らしめたくはないという気持ちもわかるし、その恋人が覚醒剤を打たれたということがニュースになるのはまずいと判断した気持ちもまた、わかる気がした。

しかし頑《かたく》な過ぎないか。そう思えて仕方がない。だがその『頑な』の理由もまた、納は期せずして知るところとなっていた。

納の脳裏に、富岡と共に読んでしまった古い日記が蘇る。

それを知らなければおそらく、田宮の望みを聞き入れる気持ちにはならなかっただろう。

田宮が高梨を避ける気持ちがわかるだけに納は、田宮の主張を優先させたのだった。

「納さん……」

救急車のサイレン音が響く中、田宮が納に問いかける。

「……なんです?」

答えた納に田宮が、弱々しい声で問いを発する。

「……覚醒剤って、どのくらい打たれると中毒症状が出るんでしょう」

「田宮さんは何回打たれたんです?」

不安を払拭《ふっしょく》してやろうと問いかけた納は、

「……三回……でした」

と答えた田宮に、敢えて明るく笑ってみせた。

「その程度なら大丈夫でしょう。それに、今回のように自らの意思で摂取したものでなければ、当然ながら罪に問われることもありません。どうか安心してください」

だから、気に病む必要などないのだ、という気持ちを込めたのがわかったのか、田宮は、

「……ありがとうございます」

こくり、と首を折るようにし、小さな声で礼を言った。

「具合はどうですか?　吐きそうですか?」

額《ひたい》に脂汗が滲んでいる。苦しげな表情をする田宮の顔を納が覗き込む。

「………大丈夫……です」

少しも『大丈夫』なことはないだろうに、こんなときにまで心配をかけまいと無理をする。田宮らしいともいえるが、こんなときなのだから少しは甘えてほしい。

田宮の身体を支え歩き出す納の胸にやるせない思いが溢れてくる。

身も心も傷ついている田宮を優しく包み込み、その傷を癒《いや》してやるのは彼の愛する相手、高梨のみである。

なのに高梨に背を向けるしかないと決意する田宮に、その決意を翻すのに役立つ言葉をかけてやりたいと思うも、何を言えばいいのか少しも浮かばずにいる己に自己嫌悪の念を抱きながら納は、せめて身体的な苦痛だけでも和《やわ》らぐといいと思いながらそっと田宮の身体《からだ》を抱え直したのだった。

9

田宮無事救出の報は、高梨のもとにすぐにもたらされた。

「田宮さんの身柄を確保しました！」

「田宮さんは無事なのか？　怪我を負っているということは？」

竹中の問いに、捜査一課の最若手である山辺《やまべ》は「怪我は特に」と答えたものの、彼はここで言葉を途切れさせてしまった。

「どうした」

竹中が青ざめ、山辺に問う。何かよくない報告があると察したためだが、果たして山辺の告げた言葉は、室内をしんとさせるほどに、高梨にとって好ましくないものだった。

「この病院に搬送される予定だったのですが、田宮さんの希望で別の病院で治療を受けることになりました。その……警視に迷惑をかけたくない、とのことで……」

「そんな……」

竹中が絶句する横で、高梨は青ざめたまま、一言も発せずにいた。

「警視が刺されたことがマスコミに嗅《か》ぎつけられているのは事実です……神崎組が田宮さん

を誘拐したという情報も、マスコミに流れるのは時間の問題かと思われます」

「……ごろちゃんが覚醒剤を打たれたいう情報は、流れんようにしてや……頼むわ」

ぼそり、と高梨が聞こえないような声でそう告げる。

「警視……」

竹中が顔色を変え、高梨のもとに駆け寄ったのは、彼の顔色が土気色といっていいほど悪くなっていたためだった。

「先生を呼びましょう」

「鎮静剤の用意を」

室内にいた看護師が慌ただしく動き始める。

「なんでや……」

竹中の問いかけに気づかず、高梨がぼそり、と呟く。

普段の高梨であれば、部下への気遣いを忘れることはない。だが今の彼は『普段』とはもっともかけ離れた状況にあった。

まずは自分が重傷を負っているために、愛する人の危機がわかっているのに駆けつけることができなかった。

しかもその『危機』の原因は自分にあるにもかかわらず、である。

愛する人が——田宮が拉致され、覚醒剤を打たれている動画を観た瞬間、高梨の心臓は止まりそうになった。すぐにも田宮のもとに駆けつけたい。命が欲しいというのならくれてやる。そう思いはしたが、身体の自由が利《き》かずかなわなかった。

納と富岡の働きのおかげで田宮を誘拐したのは神崎組の残党とすぐ割れ、居場所の特定もできた。だが送られてきた映像で既に、田宮は覚醒剤を投与されてしまっていた。

自らの意思で打ったわけではないので、罪には問われない。が、『覚醒剤を打った』という事実は残る。世間的にその事実は、好ましいものであるはずがなかった。

田宮のこれからの人生のために、決して公にしてはならないことである。それだけは守ってほしい、と高梨は切に願った。

「鎮静剤を」

駆けつけてきた医師が高梨の顔色を見てはっとした表情となり、看護師に命じる。すぐさま鎮静剤が投与され、薄れる意識の中、高梨は誰より愛《いと》しい人の名を呼んだ。

「ごろちゃん……かんにん……」

高梨の目尻《めじり》を一筋の涙が伝って落ちる。

「……警視……」

痛ましげに呼びかけたのは竹中か、それとも山辺か――その判断がつかぬまま、眠りの世界に引き込まれていった高梨の脳裏には、優しげに微笑む幻の田宮の姿が浮かんでいた。

「吾郎が運び込まれた病院がわかった」

五分ほど、待合室を離れ電話をしていたアランが富岡のもとに戻ってきてそう告げたのに、富岡は思わず「本当か？」と確認を取ってしまった。

「嘘を言うわけがないだろう」

幾分憮然《ぶぜん》としてアランが言い返す。

「ああ、悪い」

そういうつもりではなかった、と素直に詫びた富岡の肩を、アランが摑む。

「どうする？　これから向かうか？」

「あ……」

すぐにも向かいたい——が、富岡は傍らにいる、憔悴《しょうすい》しきった顔をした美緒を一人にしていいものか、と瞬時躊躇った。

「私のことはええよ。ごろちゃんのとこに行ったって」

と、美緒が富岡の逡巡《しゅんじゅん》に気づいたらしく、疲れ果てた顔に笑みを浮かべ、頷いてみせる。

「美緒さん……」

呟く富岡に美緒は、

「私かて、ごろちゃんの無事は気になるしな」

と微笑むと、拳《こぶし》を握り、とん、と富岡の胸を小突いた。

「良平には怒られるかもしれんけど、今はあんな状態やから駆けつけられへんやろ。せやから頼むわ、富岡君。ごろちゃんのこと」

「……本当に。高梨さんには怒られそうですね」

苦笑しつつも富岡は、美緒に対し、深く頭を下げた。

「ありがとうございます。そして本当に申し訳ありません。こんなときに一人にしてしまうなんて……」

「一人やないよ。良平がおるやん。富岡君たちがおらへんようになったら、病室に行ってみるわ。ごろちゃんが無事保護されたんやったら、捜査の邪魔になるかもて、遠慮することもなくなったしな」

美緒は明るく笑うと、

「はよ行きや」

と富岡の胸を再度小突いた。

「……ありがとうございます」

やはり高梨の姉だ。絵に描いたようなナイスガイ——女性に対してもこの表現でいいかは迷うところだが——だ、と富岡は美緒を見つめたあと、深く頭を下げ、立ち上がった。

「田宮さんの状況がわかったらメールしますので」

「頼むわ。ごろちゃんは高梨家の大事な嫁やからな。しっかり、フォローしたってや」

「はい」

大きく頷き、踵《きびす》を返す富岡の背に、美緒の切迫した声が刺さる。

「頼んだで、富岡君」

「任せてください。僕は田宮さんの友達ですから」

「……そら、頼もしいわ」

きっぱりと言い切った富岡に美緒は、

「ほんま、良平の恋敵やなかったら、これほど頼もしい人はおらんわ」

と苦笑したあと、

「だから恋敵じゃないですって」

と告げた富岡に向かい、再び、

「頼んだで！」

と告げ、拳を振り上げてみせたのだった。

「ねえ、雅巳」

アランの車――といっても運転しているのは彼ではなく、お抱えの運転手であったが――の後部シートで彼と並んで座っていた富岡は、アランが問いかけてきたのに、面倒臭い問いではないといいがと思いつつ、彼へと視線を向けた。

「君は本当にもう、吾郎に対しては恋愛感情を抱いていないの？」

「ああ」

即答してから富岡は、アランにいらぬ期待を持たせるわけにはいかない、と慌てて言葉を足した。

「だからといってお前の気持ちに応《こた》えるとか、そういうことじゃないからな」

「わかっているよ。そんなことは。言われなくてもね」

アランが苦笑し、肩を竦めてみせたあと、尚も富岡の顔を覗き込む。

「なんだよ」

「いや……信じられないんだよ。君は吾郎を愛していた。いや、『愛している』だ。その気持ちを簡単に諦《あきら》められるものなのか？　諦められないだろう？　なのになぜ、君は『諦めた』と嘘をつくのか」

「嘘じゃない。なぜ嘘と決めつけるのか、理解に苦しむね」

言い捨ててから富岡は、今はアランのご機嫌を取っておくべきか、と気づき、語調を改めた。

「……好きな人の幸せのために、自分の思いを封じた。お前には理解できないかもしれないが、僕は納得している。とはいえ、お前に理解してもらいたいとは一ミリも思っていないから、納得できないというのならそれでいいよ」

「雅巳、どうして君はそんな冷たいことを言えるんだ」

アランが悲愴《ひそう》感漂う顔となり、富岡の手を握り締める。

「よせ」

その手を振り払った富岡の目を見つめ、アランが切なげな声を出した。

「僕は君のすべてを理解したいと思っているのに」

「そんなことはどうでもいい」

目を逸らした富岡の耳に、アランの切なげな溜め息が響く。また口説きに入られたら面倒だ、と身構えていた富岡だったが、アランはそれを察したらしく、富岡がもっとも興味を抱いている話題をここで新たに振ってきたのだった。

「それじゃあ、この情報はどうだ？　吾郎が覚醒剤を打たれている映像が動画サイトにあがって話題になっている」

「なんだって？」

自分の顔色が変わることを富岡ははっきり自覚した。

「勿論、見つけた直後に削除させた……が、随分と拡散されてしまっていたようだ。吾郎のフルネームも明らかにされてしまっている。映像を見るかい？」

そう言うとアランはポケットからスマートフォンを取り出し、操作して出した画面を富岡の前に示してみせた。

『高梨さんよう、あんたの大事な男を拉致したぜ。田宮吾郎って名前だったよなあ。これから彼に何をしようとしてるかわかるか？　シャブだよ。こいつをシャブ中にしてやるんだよ』

「なんて……ことだ……」

田宮が覚醒剤を打たれる映像を見ることとなった富岡の口から、悲痛な声が漏れる。

「吾郎は西新宿の病院に搬送された。容態について、生命の危機にかかわるような状態ではないという確証は得ている。覚醒剤についても中毒患者になるような打たれ方はしていないそうだ。当然ながら、自らの意思で投与したわけではないから罪には問われない」

「……そう……か……」

アランの言葉は半分も富岡の頭に入ってこなかった。今、アランのスマートフォンの画面で観た田宮の姿から受けた衝撃が大きすぎたのである。

富岡にとって覚醒剤は、ドラマや小説の中でのみ、馴染《なじ》みのあるもので、現実社会では手にするどころか目にする可能性すら薄いという認識だった。

なのに画面の中の田宮はその覚醒剤を打たれている。どのような症状が出るのか。身体に影響は出るのか出ないのか。アランは中毒にはならないだろうと言っていたが本当なのか。一刻も早く田宮のもとに駆けつけ、彼が無事である姿をこの目で見たい。

「ああ……」

堪らず両手に顔を伏せた富岡の肩にアランの腕が回り、胸に抱き寄せられる。

「大丈夫だ。吾郎は無事だよ。さあ、元気を出して」

優しい声音が耳許で響き、暖かい手でぎゅっと肩を摑まれる。普段であればアランのこうした過剰ともいえるスキンシップを富岡はすぐさま撥《は》ねのけるのだが、今の彼にはその気力がなかった。

目を閉じると覚醒剤を打たれる田宮の映像が、納と見てしまった彼の兄の日記の文面が、次々と頭に浮かんできては、やりきれない思いを煽っていく。

「……田宮さん……」

どうして彼ばかり、こうもつらい目に遭わねばならないのだ。唇を嚙みしめ、悔しさのあまり叫び出しそうになるのを必死で堪えている富岡と、そんな彼の身体をしっかり抱き締め、落ち着かせようと気を配るアランを乗せた車は、田宮の運び込まれたという西新宿の病院に向かい都内を疾走していった。

「納さん！」

病院のエントランスを入ったところで富岡はちょうど電話をかけるためにロビーにやってきたらしい納の姿を認め、急いで彼へと駆け寄っていった。

「富岡君。どうしてここが？」

納は驚いた顔になったが、富岡のあとを追ってやってきたアランを見て、納得した顔になった。

「さすが、情報が早いな」

「田宮さんは？　無事なんですよね？」

勢い込んで尋ねる富岡の両肩を納が摑んだのは、相当思い詰めているのがわかったためだと思われた。

「落ち着けよ、富岡君。大丈夫、無事だ。大事をとって入院となっただけだから」

納はどうやら富岡やアランに、覚醒剤のことは明かすまいとしているらしかった。

「覚醒剤を打たれたんですよね？」

察した富岡が先回りをし、指摘する。納はやれやれ、というように溜め息をつき、ちらとアランを見やると、富岡の両肩を摑み直し静かに首を横に振った。

「そのことを公にするつもりは警察にはない。それ以前に田宮さんが拉致されたことも極力マスコミからは隠すつもりだ。軽々しく覚醒剤などという単語を口にすれば田宮さんの立場を悪くする。わかるね？」

「無駄だろう。もう、ネットで拡散されてしまっているんだから」

アランがここで、馬鹿にしきった声を出す。

「なんだと？」

納の顔色がさっと変わったところを見ると、彼はまだその事実を知らなかったようだった。

「本当か？」

「ほら」

真っ青になる納にアランが、スマートフォンを示してみせる。

「……これは……」

ますます顔色を失う納に富岡は、

「田宮さんの病室は？」

と尋ねた。

「いや、しかし……」

教えるのを躊躇う納に富岡は喰ってかかる勢いで迫った。

「田宮さんを一人にしておかないほうがいい。納さんもそう思うでしょう？」

「…………」

納は富岡を真っ直ぐに見つめ返してきたが、やがて、抑えた溜め息を漏らし、頷いた。

「……そうだな。だが、できれば覚醒剤のことは……」

「勿論、本人には言いません。ノートのことも」

きっぱりと言い切った富岡を、尚も納は見つめていた。富岡もまた、納を見つめ返す。

「ノートとは？」

話が見えない、と横からアランが問いかけてきたのを無視し、二人して見つめ合うこと十秒ほど。

「こっちだ」

納が先に立ち、歩き始めた。

「アランは悪いがここで待っていてくれ」

当然のように共に納のあとに続こうとしたアランに富岡はそう言い、頭を下げた。

「どうして？　覚醒剤のことは言わないし、僕も吾郎のことが心配だよ」

アランが心外だというように目を見開くのに対し、富岡は尚も、

「頼む」

と頭を下げただけで、理由は説明しなかった。

「君が吾郎の支えになりたいからか？」

憮然とした顔でアランはそう言ったが、富岡が「違う」と即答すると、やれやれ、という

ように肩を竦めてみせた。

「わかったよ。君が好きなようにすればいい。ただ忘れないでくれ。君が助けを必要としたときには僕が必ず手を差し伸べることだけは」

「……ありがとう。そして申し訳ない」

富岡は再度深く頭を下げると、すぐに納へと視線を向けた。

「お待たせしました。行きましょう」

「お、おう」

一連のやり取りを見ることになった納は、富岡の意図が今一つわからず戸惑った声を上げたものの、すぐさま我に返ると、自分を取り殺しそうな目で見ているアランに会釈をし、歩き始めた。

「どうしてアランさんを立ち会わせなかったんだ？」

田宮の病室へと向かう最中、納はそう富岡に尋ねたのだが、答えは半ば予測していた。

『煩《うるさ》いから』

『面倒だから』

その手のことだろうという納の予測は綺麗に外れた。

「自惚《うぬぼ》れなんですが、もしかしたら田宮さんは僕にならば、覚醒剤のことを自分から打ち明けてくれるんじゃないかと思ったんです」

「自分から？」

それはないだろう、と納は言いかけたが、さすがに失礼かと思い口を閉ざした。

「まあ、ないでしょうけど」

だが富岡には伝わったらしく、彼は苦笑しつつそう言ったあと、

「でも」

と言葉を続けた。

「力になりたいんです。どんなことでも」

「……そうだよな」

納もまた思いは同じだった。二人の頭には今、田宮が読んでしまったと思われる彼の兄の日記があることは、互いによくわかっていた。

「……忘れましょう」

『何を』と言うことなく、富岡がそう告げ、納を見る。

「ああ。あれは俺らが見るべきものじゃなかった」

納もまた頷き返すと、

「俺はもう忘れたよ」

そう言い、富岡に頷いてみせた。

「僕も」

富岡も頷き返したあと、納に向かいすっと手を出す。

「………」

約束の握手か、と納がその手を握り返したところで、田宮の病室へと到着した。

「医師の診断の結果、異常はないそうだ。嘔吐《おうと》は多少したが、今は落ち着いているはずだ」

こそりと囁いてきた納に富岡はわかった、と頷くと、扉を開けるよう彼を目で促した。

「……失礼します」

納がノックをしてから、引き戸の扉を開く。

「…………」

そこは個室で、部屋の真ん中に置かれたベッドの上、少し窶《やつ》れた様子の田宮がじっと天井を見上げている姿を見た瞬間、富岡の胸は詰まり、涙が溢れそうになってしまった。

「田宮さん」

呼びかけた納へと視線を向けた田宮が、彼の後ろで目を真っ赤にしている富岡の姿を認め、驚いたように目を見開く。

「……富岡……」

弱々しい声で己の名を呼ばれた直後、富岡は我慢できずにベッドへと駆け寄り、身体を起こそうとした田宮の足元の上掛けに顔を埋《うず》めてしまっていた。

「富岡……」

そのまま堪えきれずに嗚咽の声を漏らし始めた富岡の名を、田宮が呼ぶ。

「富岡君」

いきなり泣き出した富岡の姿を前に、納もまた声を失っていたが、すぐに歩み寄ると、しっかりしろ、というように背中を叩いた。

「……どうか……どうか……」

次々と込み上げてくる涙が、富岡から言葉を奪う。

どうか生きてくれ――あまりに頼りなく見えた田宮の姿を前にし、富岡は彼が死を望んでいるのではないかと思えてしまったのだった。

つらい、などという言葉では表現できないほどのつらい目に遭うことになった田宮の力になりたいと願っていたはずなのに、その自分がこうも泣いてどうする、といくら自分を叱咤《しった》しても、富岡の涙は止まらなかった。

「……富岡……」

田宮の声が上から響き、彼の手が己の肩に触れたのがわかる。

「……田宮さん……」

涙に濡れた頬を晒すのは恥ずかしいという思いはあった。が、それでも彼が今、どんな表情をしているのかが見たくて顔を上げた富岡の目に、田宮の儚《はかな》げな笑顔が飛び込んでくる。

「……死のうなんて思わないでください……絶対に」

すべてを諦めきったその笑みを見た富岡の口から、思わずその言葉が零れ落ちた。

「……死ぬ……？」

それを聞き、田宮は一瞬、大きな瞳《ひとみ》を更に大きく見開いたが、すぐ泣き笑いのような表情を浮かべ、首を横に振ってみせた。

「大丈夫だよ。俺はそんな……やわじゃない」

「田宮さん……っ」

きっぱりと言い切った田宮の目尻を、一筋の涙が伝う。堪らず富岡は布団越しに田宮の足に縋り、声を上げて泣き出してしまっていた。

「田宮さん……っ……田宮さん……っ」

言葉にならない。どうしてこの人は自分がそうもつらいときに、相手を思いやるような言葉を告げることができるのか。

それに対して自分のこの情けなさはどうだ、と自己嫌悪の念を抱きながらも嗚咽を堪えかねていた富岡の背に、田宮が覆《おお》い被《かぶ》さってくる。

「泣くなよ……俺は大丈夫だから。心配かけてごめんな。もう、大丈夫だから泣かないでくれよ」

田宮の声が涙に震えているのがわかる。背中に熱い感触を得たのはもしや、彼の涙が零れ落ち、シャツを濡《ぬ》らしているのかもしれない。

大丈夫だ。あなたは僕が守る。そう言いにきたはずなのに、結果として逆に慰められている現状は、決して富岡の望むものではなかったが、にもかかわらず彼の胸には後悔や自己嫌悪とはまた違う、ある決意が溢れていた。

何があっても田宮のことは自分が守る。高梨が重傷を負っている今、彼のかわりに田宮を支えてやるのは自分だ。

「俺は大丈夫だから……」

あたかも自身に言い聞かせているような田宮の言葉が背中で響く。できることなら今すぐ身体を起こし、華奢《きゃしゃ》なその背を抱き締めてやりたい。何があろうが自分が『大丈夫』な状態に持っていってみせると宣言し、安心させてやりたい。

「大丈夫だから……っ」

田宮の声が掠れ、富岡の背を抱く手に力がこもる。

彼を守るためには己の命が失われようがかまわない。そのとき富岡の胸に溢れていたのは、自分の人生をもなげうつ覚悟ができているという、『友情』と評するには熱すぎる、そんな思いだった。

「すみません、取り乱してしまって」

ようやく涙も収まり、気まずい思いを抱きつつも顔を上げた富岡に向かい、笑いかけてくれた田宮も同じく落ち着きを取り戻している様子だった。

「どうしてここがわかったんだ?」

座ってくれ、とベッドの近くに置かれた椅子を示しながら、田宮が富岡に問いかける。

「それは……」

アランに調べてもらった、と答えれば、どこまで調べたのかと田宮は気にするだろう。それで答えを躊躇っていた富岡に、気を利かせた納が横から話に入ってきた。

「俺が知らせたんだ。田宮さんも一人じゃ心細いかと思って」

「納さんが?」

田宮は驚いたように目を見開く。

「ああ、田宮さんが行方不明になったことに最初に気づいたのは富岡君なんだよ」

納の言葉を聞き、田宮がますます驚いた顔になる。

「富岡が？」

本当か、と問うてくる田宮に対し、富岡は、

「ええ、まあ……」

と頭を掻《か》いた。

「田宮さんがなかなか病院に戻ってこないので、官舎で倒れてるんじゃないかと心配になって……」

それで納を呼び、管理人に鍵を開けてもらったのだ、と説明すると、田宮は納得したようで、改めて深く頭を下げて寄越した。

「そうか……ありがとう。おかげで助かった」

「いや、僕じゃないです。納さんや警察が動いてくれたからこその、救出だったんだと……」

『救出』と言ってしまったあと富岡は、これでは田宮の身に何が起こったかを詳しく知っていると悟られるのではないかと案じ、口を閉ざした。

「…………ありがとな」

田宮がぎこちなく笑い、富岡に頭を下げる。

「礼なんていりませんよ。それより、僕に何かできることはないですか？」

なんでもする。その思いを込め田宮を見つめた富岡だったが、心のどこかでは『別にない

よ』という答えを予測していた。

田宮はそういう男だとわかっていたためだが、その田宮が言いづらそうに、

「実は」

と切り出してきたことに、違和感を覚え彼を見た。

「……暫《しばら》く官舎を出ようと思うんだ。マスコミ対策もあるし、それに俺、拉致されたときに覚醒剤を打たれてしまってさ」

「……っ」

言った——思わず息を飲んだ富岡は、納の視線が自分に刺さるのがわかったが、目を見交わせば『知っていた』ことがばれると思い、敢えて無視を貫いた。

「……覚醒剤……」

「ああ。三回。さっきお医者さんに聞いたら、覚醒剤中毒になることはないって。でも、覚醒剤を打たれた人間が警察の官舎に留まるのも何かと思ってさ。それで、マンスリーマンションでも借りようかと思っているんだ。会社近くで手頃な物件がないか、チェックしておいてもらえたらありがたいんだけど」

「……そりゃ勿論、探しますし、借りるところまでもやっておきますが、でも本当に……」

それでいいんですか、と問おうとした富岡の先回りをし、田宮がきっぱりと頷いてみせる。

「うん。良平の迷惑にはなりたくないんだ」

「……高梨さんは迷惑だなんて思わないだろうし、それに自分の意思で打ったわけじゃないのなら、罪には問われないんですよね？」

納を振り返り確認を取った富岡に、納は「そうだ」と頷いてみせたあと、田宮に向かい口を開いた。

「気にすることはないと思いますよ。高梨だって望んじゃいないはずだ」

「……それでも、万一、同居人が同性とマスコミに流れでもしたら、それだけで迷惑になりますし……」

田宮が弱々しく笑い、首を横に振ってみせる。

「マスコミに情報が流れないよう、徹底します。なのでそこは気にしなくていいですよ」

納は強く訴えたが、田宮は「それでも」官舎を出たいと主張した。

「……わかりました。すぐ、ウイークリーマンションを探します」

仕方なく了承した富岡に田宮は、

「マンスリーな」

『週』ではなく『月』だと訂正を入れたあと、

「申し訳ない」

と深く頭を下げた。

「謝ることはありません。他に何かありますか？」

問いかけた富岡に対し、田宮は再度「申し訳ない」と言いつつ、官舎の鍵を渡すので、当座の着替えを借りたマンションに運んでほしい、と頼んで寄越し、富岡を一瞬絶句させた。

「……わかりました」

頷いたあと富岡は、改めて田宮の目を見つめ、問いかけた。

「もしかして田宮さん、高梨さんと顔を合わせることを避けてます？」

「……言っただろう？　良平の迷惑になりたくないんだ」

ぽつりと呟き、項垂れる田宮を見やる富岡の胸中はなかなかに複雑だった。

『迷惑になりたくない』という気持ちに嘘はないに違いない。だが果たして、高梨を避けているのはそれだけが理由なのだろうか。

やはり、あのノートが――兄の日記が、田宮の胸に深い傷を残しているのではないか。そう思いはしたが、それこそ自分があのノートのことを知っている事実だけは悟られてはならない、と、富岡はごく自然に見えるような笑顔を作り大きく頷いてみせた。

「わかりました。任せてください。すぐに部屋を借り、田宮さんの荷物を運んでおきます」

「……悪いな、富岡」

田宮が申し訳なさそうにそう言い、また頭を下げる。

「謝らないでください。何度も言っているでしょう？　僕はあなたの友達なんですから。もっと図々《ずうずう》しく色々頼んでくれていいんですよ」

富岡は敢えて明るく笑い、田宮の肩を叩いた。

「……ありがとう。本当にごめん。甘えてばっかりで」

田宮の顔が罪悪感溢れるものになる。そんな顔をさせたくはない、と富岡は、

「甘えるとか、そういうの、友情には相応《ふさわ》しくない言葉ですよ」

わざと笑い飛ばしたのだが、彼の胸は、微《かす》かな痛みに疼《うず》いていた。

友情――そう。田宮への思いは友情に変じたはずだ。

しかし今、胸に溢れるこの熱い思いは果たして『友情』といえるものなのだろうか。

「……ごめん」

尚も詫びる田宮の肩を、富岡は再び叩く。

『友情』の範疇《はんちゅう》を逸していても、彼の前では『友情』を貫かなければならない。それが自分に与えられた役割なのだから。

己にそう言い聞かせると富岡は、

「早速、手配に入りますね」

と微笑み、立ち上がった。

「退院と同時に移れるようにしておきます。いつ頃、退院になりそうですか？」

「明日には出たいと思ってるんだ。仕事を放りっぱなしなのも心配なので、会社にも行きたいし」

田宮がそう言うのに納が、

「無理でしょう」

と慌てた声を上げる。が、田宮はきっと『無理』を実行してしまうに違いないと富岡は察していたので、

「了解です」

と頷き、立ち上がった。

「取りあえず、僕の名義で借りておきます。退院の際には声をかけてください。マンションまで案内しますんで」

「ありがとう。本当に助かる」

田宮が微笑み礼を言う。少しの無理も感じさせないその笑顔に、富岡の胸は熱く滾《たぎ》った。

「頼むな」

「任せてください」

鍵を渡しつつ頭を下げてくる田宮に向かい、富岡は大きく頷くと、

「それじゃ」

と立ち上がった。

「マンションが決まったら知らせますんで」

「ありがとう」

田宮が安堵したように微笑み、頭を下げる。

「だから、友達なら当然でしょう」

いかにも自分に言い聞かせているような自身の言葉に苛立ちを覚えながらも富岡は笑顔を作ると田宮に向かってそう言い、片目を瞑《つぶ》ってみせたのだった。


翌日、田宮は退院し、その足で出社したのだが、会社では彼にとってはあまりにむごい展開が待ち受けていた。

出社と同時に人事部に呼び出された田宮は、そこで人事部長から『ネットに出回っていると通報があった』という言葉と共に自分が覚醒剤を打たれている動画を見せられ、辞表を書くよう促された。

「勿論、強制するものではない……が、会社としても、覚醒剤にかかわった人間を社員として雇っていくことに、躊躇《ちゅうちょ》してしまっているのは事実だ」

はっきりそう言われてしまっては、一言も言い返すことができず、田宮は呆然《ぼうぜん》としたまま席に戻るしかなかった。

「人事、なんでした？」

富岡が問いかけてきたのに田宮は答えられずにいたのだが、情報は人事部長の秘書をしている富岡の同期、西村《にしむら》から筒抜けとなった。

「酷い」

富岡は激昂《げっこう》したものの、自分にはそれを覆《くつがえ》す力がないと早々に察した結果、アランに頭を下げるに至った。

「頼む。なんとかしてくれ」

田宮が不在のときを狙《ねら》い、富岡はアランを無人の会議室に呼び出し懇願した。

「……僕への見返りはなんなんだ？」

アランがどこか傷ついた顔になり、富岡に問いかける。

「見返り？」

問い返した富岡だったが、すぐに、

「見返りが欲しかったらどんなことでも言ってくれ。僕にできることならなんでもするから」

と言い切り、「頼む」とアランに再び頭を下げた。

「僕の両親に会ってもらえるか？」

「ああ」

「僕と結婚してくれるか？」

「それで田宮さんが会社を辞めずにすむのなら」

迷いなく即答した富岡を前に、アランは、やれやれ、というように溜め息を漏らすと、今まで以上に傷ついた表情となり、ぼそりとこう言い捨てた。

「……吾郎のことは嫌いじゃない。でも今この瞬間、彼の破滅を祈ってしまった」

「アラン」

『破滅』という言葉に反応し、カッとなりつつも、怒りを抑え問いかけた富岡に向かい、アランは再度肩を竦めてみせたあと、今度は哀《かな》しげな表情となり首を横に振った。

「そんなことを祈ろうものなら、君の愛を永久に失うとわかっている。僕はそこまで愚かではないよ。わかった。吾郎への処分は取り下げさせよう。それでいいんだろう?」

アランはそれだけ言うと、富岡が何を言うより前に一人会議室を出ていった。

それから二十分ほどして、田宮は再び人事部長からの呼び出しを受け、指定された会議室へと向かった。

「先ほどの辞表の件は撤回する」

人事部長は見るからに不本意そうな表情をしていた。富岡がアランに頼んだことなど知る由もない田宮は、この短時間のうちに一体何が起こったのかと内心の動揺を隠しつつ、人事部長と対面していた。

「ほとぼりがさめるまで、君には九州に行ってもらいたい。我が社の譲歩はここまでだ。承知できないのであれば、辞表を書いてもらうしかない」

「……九州……ですか」

思いもかけない、そしてなんの馴染みもない土地だった。いきなりの辞職勧告撤回、そして転勤と、思考がついて行かず、人事部長の言葉を繰り返してしまった田宮に、

「赴任先に異議は認めないよ」

と人事部長は厳しい表情のまま、釘《くぎ》を刺してきた。

「異議ではなく……」

言い訳をしかけた田宮の前で、人事部長は憤懣《ふんまん》やるかたなしといった表情となり、嫌み全開の口調でこう告げたのだった。

「君は実に有益な人間を味方につけたようだね。我が社としても従わざるを得なかった。はっきり言おう。君に辞めてもらったほうが会社としてはありがたいんだ。しかし大株主の意向は無視できないからな。九州でそうだな、一年か二年、ほとぼりが冷めるのを待っていてくれ。東京本社にも戻さざるを得なくなるんだろうが、それは私が人事部長の任を解かれたあとであることを祈るよ」

責任は持てないからな、と言い捨てる人事部長を前に、田宮は言葉もなくただ立ち尽くしていた。

辞めるべきではないだろうか。ここまで言われているのであれば。

しかし、この先の人生を思うと、退職すると宣言することを田宮は躊躇ってしまっていた。

ただでさえ、人事部長をはじめとする会社の人間に、自分が覚醒剤を打たれた動画を観られているかと思うと、一つの言い訳もできない気がしていた。だがこの先、生きていかねばならないことを思うと、今の会社を辞める決心がつきかねているというのも事実だった。

これといった特技もない上、覚醒剤を打たれた動画がネット上にバラ撒かれている今となっては、再就職の道は閉ざされたといってもいい。どんな職業につこうが生きてはいけるだろうが、続けられるものであれば今の仕事を続けたい、と願っていたからこそ、田宮は迷ってしまっていたのだった。

「ゆっくり考えた上で返事をしてほしい。来月一日の発令の締め切りは今週末だ。それまでに結論を出し、発令していいかどうかを知らせてほしい」

以上だ、と人事部長は告げると、田宮に退室を求めてきた。

「田宮さん、人事からの呼び出し、なんでした？」

席に戻ると富岡が待ちかねていたかのように田宮に問いかけてきた。田宮は富岡を近くの会議室に連れていくと、心配そうに自分を見つめる彼に今の面談の内容を話し始めた。

「……九州に異動だって」

そう告げた田宮を前にし、富岡の顔色がさっと変わる。

「許しがたいですね。ウチの会社はどんだけ保守的なんでしょう」

「……ほとぼりが冷めるまで九州にいろと言われた。大株主を味方につけたなと嫌みを言われてピンときた。それってアランのことだろう？　彼が無茶してくれたのはよくわかった。お前の差し金だよな？」

「それは……」

富岡がここで言葉に詰まる。田宮が富岡を会議室に呼び出したのは、礼を言いたいがためだった。

「……本当にありがとう。恩に着る」

「恩なんて感じなくていいです。九州転勤なんて酷すぎる」

よし、もう一度、と部屋を駆け出そうとする富岡の腕を田宮はがしっと摑んだ。

「田宮さん」

「いいんだ。会社の言い分もわかる」

「わかるって」

僕はわからない、と手を振り解こうとする富岡の目を見つめ、田宮は彼を説得するべく口を開いた。

「解雇されなかっただけ、ありがたかったかもしれない。転勤は会社のできるギリギリの譲歩だ。この不況時に再就職なんてできると思えないから、大人しく九州に行くつもりだ。ほとぼりがさめるまで、というのは俺にとってもありがたい措置だとも思うし」

「……九州……そんな遠いところに？」

富岡が痛ましげな顔になり、田宮の目を覗き込んでくる。

「田宮さんには負うべき責任など一つもないというのに？」

「……ない……のかどうか、わからなくなってきた。俺が覚醒剤を打たれたのは事実なんだし、クビにせず異動を命じるということなら、従うしかないのかもしれないな」

「それ、間違ってますから。田宮さんが気に病む必要は一〇〇パーセントありません。あなたはただ、堂々としていればいいんです。ああ、本当にウチの会社、終わってますね。腹、立ってきましたよ」

またも憤り始めた富岡を、田宮が諫《いさ》める。

「わからないでもないよ。企業イメージにかかわると言われたら何も言えないし、俺、これが初めてじゃないしな」

「田宮さん……」

『初めてじゃない』――かつて親友であった同僚に裏切られ、殺人犯の汚名を着せられたときのことを言っているのだ、と察した瞬間、胸に迫るものを覚え、富岡は思わず田宮をその場で抱き締めてしまっていた。

「富岡」

慌てた様子で腕を振り解こうとする田宮の抵抗にかまわず抱き締め続けながら富岡は、己の決意を熱く告げた。

「何があろうと、僕はあなたを守ってみせますので……っ」

「……富岡……」

田宮が抗《あらが》うのをやめ、トントン、と富岡の背を叩く。

「ありがとな……本当に」

感極まった口調でそう言い、尚もトントンと軽く背を叩き続ける田宮のその手が、そのまま己の背を抱き締め返してくれるといい。

切にそう祈る富岡の胸には今やはっきりと、田宮への恋情が蘇っていた。


「……なんやて？」

納から告げられた内容に受け入れがたいものを感じたあまり、高梨は思わず彼に問い返してしまっていた。

「……だから、田宮さんは官舎を出て、今、マンスリーマンションに住んでいる。高梨、お前に迷惑をかけたくないという理由からだ。お前には、一日も早く傷を治してほしいという伝言があった。田宮さんの気持ちをわかってやってくれ」

「わかるわけないやろ」

即答した高梨は、納に問いを重ねる。

「マスコミに嗅ぎつけられたんちゃうか？　ごろちゃんが覚醒剤打たれたことについて」

「……ネットで拡散された。だがマスコミは抑えている。田宮さんはお前に迷惑をかけたくないと言っているんだ」

「迷惑なんて、思うわけないやないか。ごろちゃんを守りたい。僕のことはどうでもええんや。なあ、ごろちゃんは大丈夫なんか？」

身を乗り出し問いかける高梨に、納は「ああ」と頷いた。

「富岡君がフォローしてくれている。田宮さんが今住んでいるマンションも彼の手配だと聞いた。友情からしていると言ってたぜ」

納の言葉に高梨は、

「……友情、か」

と泣き笑いのような表情を浮かべ、そう呟いたあと、ああ、と深く息を吐き、両手に顔を埋めた。

「……ごろちゃんはきっと……僕に会いたくないんやろうな」

「……それは……」

『そんなことはない』と納は言ってやりたかった。が、その根拠が一つもないため黙り込む。

「……おそらく……ごろちゃんは今、僕と距離を置きたいんやないかと思うわ」

苦笑し、そう告げた高梨に、かけるべき言葉を持たず、納が黙り込む。

「……気持ちはわかる……そのほうがええんかもしれんしな」

そのとき高梨はまだ、田宮に九州転勤の話が出ていることを知らなかった。

二人の心の間に生じていた微妙な距離以上に、物理的にも遠く離れてしまうかもしれない。

それを知らずとも充分、高梨は打ちのめされてしまっていた。

田宮に隠しごとをしていたことに対する罪悪感が心を苛《さいな》み、刺された傷の重さが未だベッドから下りられないというほどに身体を苛んでいる。

身も心も深く傷つき、項垂れる高梨を前に納は、深く愛し合っているはずの二人の擦れ違った心を再び結びつける手立てはないものかと、必死で考えていたのだった。

to be continued

あとがき

はじめまして&こんにちは。愁堂れなです。

この度は六十冊目のルチル文庫、シリーズ第十七弾『罪な彷徨』をお手に取ってくださり、本当にありがとうございます。

私事になりますが、本作は二〇〇二年十月にデビュー以来、通算二〇〇冊目（文庫化等含まず）の本となりました。

二〇〇冊目がデビュー作の『罪シリーズ』となりましたこと、個人的にはとても感慨深く思っています。

二〇〇冊もの本を出していただくことができましたのも、いつも応援してくださる皆様のおかげです。本当にどうもありがとうございます。

記念すべき（自分にとって、ですが・笑）この本が、皆様に少しでも楽しんでいただけましたら、これほど嬉しいことはありません。

イラストをご担当くださいました陸裕千景子先生、大変お忙しい中、今回も素晴らしいイラストをありがとうございました。

十四年前、デビュー作が発行されるにあたり、はじめてキャララフを頂いたときの感動は生涯忘れることはないと思います。

記念すべき（あくまでも私にとって、ですが・笑）二〇〇冊目も先生にイラストをご担当いただけて嬉しかったです。

また、今回も大変お世話になりました担当様をはじめ、本書発行に携わってくださいましたすべての皆様に、この場をお借り致しまして心より御礼申し上げます。

一レーベル様より六〇冊もの本を出していただけましたこと、本当にありがたく思っています。改めましてルチル文庫様、そして担当様に御礼申し上げます。

最後に何より、この本をお手に取ってくださいました皆様に心より御礼申し上げます。

今回、ちょっとつらい展開となった上に気になるところで終わっていますが、いかがでしたでしょうか。お読みになられたご感想をお聞かせいただけると嬉しいです。

どうぞ宜しくお願い申し上げます。

今回、二〇〇冊目ということで書店様でフェアをしてくださったり、ＷＥＢサイン会を開催してくださったりと、諸々のお気遣い、本当にありがとうございます。

なんと全員サービスの企画もルチル様が立ててくださいました！　詳細は帯をご覧くださいませ。この本だけでお申し込みいただけます。皆様のご応募、心よりお待ち申し上げます。

これから先も二五〇冊、三〇〇冊、と、一生、ずっと書き続けていけたら……と思っております。皆様に少しでも楽しんでいただけるものが書けるよう、精進して参りますので、不束者ではありますが何卒宜しくお願い申し上げます。

次のルチル文庫様でのお仕事は、冬に『たくらみシリーズ』の新刊を発行していただける予定です。

第二部完結となります。こちらもよろしかったらどうぞお手に取ってみてくださいね。

また皆様にお目にかかれますことを、切にお祈りしています。

愁堂れな

平成二十七年十月吉日

（公式サイト『シャインズ』http://www.r-shuhdoh.com/）

✦初出　罪な彷徨…………………………書き下ろし

愁堂れな先生、陸裕千景子先生へのお便り、本作品に関するご意見、ご感想などは
〒151-0051 東京都渋谷区千駄ヶ谷 4-9-7
幻冬舎コミックス　ルチル文庫「罪な彷徨」係まで。

幻冬舎ルチル文庫

罪な彷徨

2015年10月20日　　第1刷発行

✦著者	愁堂れな　しゅうどう れな
✦発行人	石原正康
✦発行元	株式会社 幻冬舎コミックス 〒151-0051 東京都渋谷区千駄ヶ谷 4-9-7 電話 03(5411)6431［編集］
✦発売元	株式会社 幻冬舎 〒151-0051 東京都渋谷区千駄ヶ谷 4-9-7 電話 03(5411)6222［営業］ 振替 00120-8-767643
✦印刷・製本所	中央精版印刷株式会社

✦検印廃止

ISBN978-4-344-83555-9　C0193　Printed in Japan

「幻冬舎ルチル文庫」
大好評発売中

発行●幻冬舎コミックス　発売●幻冬舎